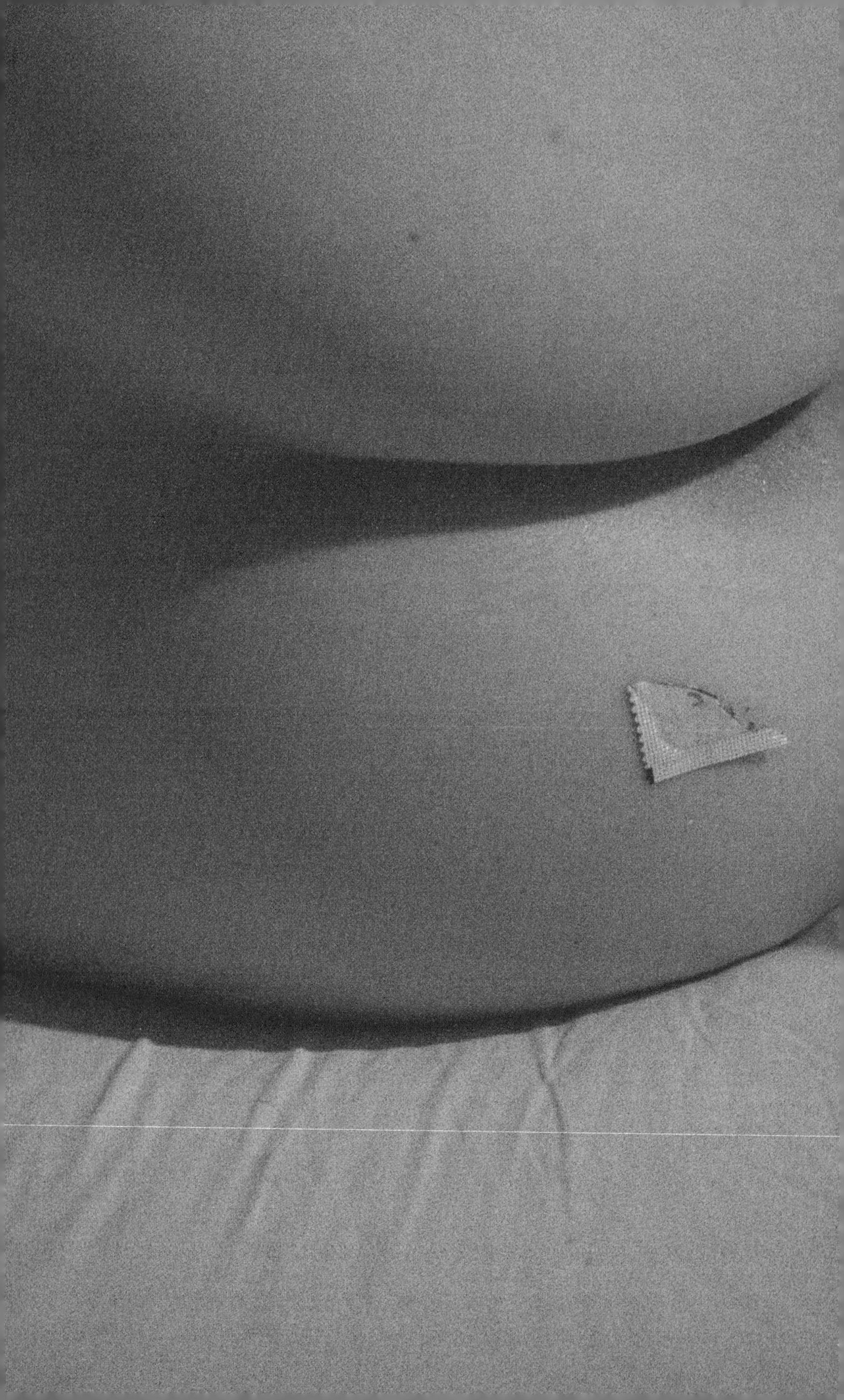

BIEN TROP PETIT

Pour prolonger le plaisir, vous pouvez rejoindre
notre communauté Instagram @l_ardeur_
et retrouver des extraits audio
de tous les titres de la collection L'Ardeur
sur notre page Soundcloud.

ISBN 979-10-352-0568-3

Éditrices : Charline Vanderpoorte et Gaïa Marty
Assistante d'édition : Juliette Gaillard
Photographie : Cha Gonzalez
Conception graphique couverture : Florie Briand
Maquette intérieure : Amandine Chambosse

Loi n° 49-956 du 16 juillet 1949 sur les publications destinées à la jeunesse

MANU CAUSSE

BIEN TROP PETIT

EDITIONS THIERRY MAGNIER

Né au début des années 1970, **Manu Causse** a grandi dans le Sud-Ouest avec la ferme intention de devenir rock-star ou écrivain ; il a été prof de français pendant une dizaine d'années avant de s'orienter enfin vers l'écriture. Depuis, il vit à Toulouse et enchaîne traductions, romans jeunesse et adulte, scénarios et projets artistiques divers, tout en tentant d'achever l'éducation d'une tribu de grands enfants qui ne l'écoutent que rarement.

Aux éditions Thierry Magnier :

Le Pire concert de l'histoire du rock, coll. Romans ados, 2014
Le bonheur est un déchet toxique, coll. Grands romans, 2017
Le Point sublime, coll. L'Ardeur, 2020

MERCREDI

1

C'est l'histoire d'un concours de quéquette.
Du point de vue de celui qui perd.

2

Ma mère me chantait toujours cette berceuse, je l'ai kiffée si longtemps,

La maman du petit homme lui dit un matin
À seize ans tu es haut tout comme notre huche à pain
À la ville tu peux faire un bon apprenti, mais pour cultiver la terre
T'es ben trop petit, mon ami, t'es ben trop petit,
Dame, oui.

J'ai une mère prémonitoire.

3

J'aurais jamais cru que les confinements deviendraient le meilleur moment de ma vie. Les confinements, et les couillites.

OK, pendant les couillites en question, je déprimais pas mal, enfermé dans ma chambre qui sentait la vieille chaussette ; et sur le moment, je trouvais nullissime de rester allongé H24, avec au moindre mouvement l'impression de recevoir un mawashi-geri dans les roupettes. N'empêche : tout ce temps de solitude et de souffrance, c'était mieux, au final, que ce qui m'est arrivé quand j'ai enfin retrouvé les bancs du lycée.

C'est con comme expression, voilà des siècles qu'il n'y a plus de bancs dans les écoles.

Mais il y en a à la piscine, en fait. Des bancs. Du coup, ça fonctionne. D'ailleurs, j'étais assis sur un banc au moment où c'est arrivé. Enfin, je venais de me lever.

J'avais fini de me déshabiller, j'allais enfiler mon maillot peinard et on irait toutes et tous se les geler dans l'eau chlorée municipale aux mille microbes variés. Normal, quoi.

Je me souviens que j'ai regardé les mecs autour de moi, détendu, limite souriant, et que j'ai pensé un truc du genre : « Mine de rien, ça fait du bien, après tout ce temps, de se retrouver avec d'autres humains. »

Et puis Antoine est passé devant moi. Ses yeux sont tombés sur ma bite, et il a lâché :

– Putain, tu vas pas aller loin avec ça, mon pauvre. Si jamais tu te trouves une copine et que ça devient chaud, tu m'appelles, je viendrai t'aider.

Il m'a fallu deux secondes pour comprendre de quoi il parlait.

J'ai baissé la tête à mon tour sur nos intimités respectives. La sienne battait librement contre sa cuisse. Limite jusqu'à son genou.

Plof, plof.

La honte m'a cueilli direct au ventre. Elle a remonté dans ma poitrine, m'a coupé le souffle. J'ai étouffé un bon coup. Je me suis recroquevillé. Elle aussi, d'ailleurs. Comme quoi, elle pouvait encore.

Ma teub me surprendra toujours.

À cause du Covid, donc, ça faisait plus d'un an que je n'avais pas fréquenté des vestiaires, pas vu d'autres mecs à poil. Et avant, c'était pas non plus une habitude, faut pas croire. Mais bon, ça m'arrivait. Gym, collège, douche, vestiaire, voilà. Seulement, en un an, outre la pandémie mondiale, la puberté avait terminé ses ravages. Entre le 1er janvier 2020 et mon entrée au lycée, un an plus tard, j'avais pris dix centimètres.

Enfin, pas dix centimètres partout, donc. Comme me l'avait fait si obligeamment remarquer ce nouveau camarade de classe du nom d'Antoine.

Le pire, c'est que l'Antoine en question avait l'air sincèrement désolé. Au début, du moins. J'ai cru sentir son empathie.

Bon, dix minutes plus tard, côté empathie, je suis revenu sur mon jugement. Quand on est entrés dans l'eau, il m'a lancé, d'un bout à l'autre de la piscine :

– Hé, Greg, j'espère que l'eau n'est pas trop froide ! Parce que si elle rapetisse encore, elle va disparaître.

La classe. L'élégance. Et devant les filles, bien entendu.

La prof l'a engueulé – mais juste parce qu'il avait crié, et parce qu'elle avait mal à la tête, elle nous avait prévenus dans le bus.

– Elle a ses trucs, avait d'ailleurs lâché Antoine ou un de ses lieutenants.

Le raffinement de cet humour.

Moi, à l'autre bout de la piscine...

Moi rien. Moi je suis mort dedans. Moi j'avais juste

envie de pleurer mais j'ai quinze ans alors on ne pleure plus à mon âge.

Moi j'ai foutu la tête dans l'eau et mes lunettes fuyaient alors c'était normal que j'aie les yeux rouges.

Moi j'ai la plus petite bite du monde.

Vit un maître d'équipage qui lui rit au nez
En lui disant : « Point n'engage les tout nouveau-nés !
Tu n'as pas laide frimousse. Mais t'es mal bâti...
Pour faire un tout petit mousse,
T'es ben trop petit, mon ami,
T'es ben trop petit,
Dame, oui ! »

4

Quand j'ai poussé la porte d'entrée, Maman m'a regardé l'air inquiet.

– Tu es tout pâle, Grégoire. Tu as encore mal au ventre ?

« Mal au ventre », c'est sa façon de dire « mal aux couilles ».

Passeportsanté.net : L'épididymite correspond à une inflammation de l'épididyme, conduit reliant le testicule à la prostate.

On parle des burnes, donc. Et par « inflammation », il faut comprendre une douleur lancinante qui irradie dans le bas-ventre et s'éveille au moindre pas.

Elle est souvent causée par une infection sexuellement transmissible (IST) mais peut également avoir d'autres causes.

Ma première épididymite s'est déclarée, donc, au début du mois de mars 2020. Quinze jours avant le premier confinement. Une après-midi, j'ai commencé à avoir mal, d'abord un peu, puis de plus en plus fort. Mal, pour être précis, comme quand tu reçois un coup de genou dans les couilles. Je me suis dit que ça allait passer.

C'est pas passé.

Le lendemain matin, je souffrais tellement que j'ai fini par oser en parler à ma mère. Elle m'a emmené chez le médecin. Qui, donc, a regardé mes couilles. Et diagnostiqué « une orchite ou une épididymite, avec des examens complémentaires à faire ».

En rentrant, Maman, qui avait consulté Internet, a commencé :

– Mon chéri, est-ce que tu as déjà… tu vois, genre…

– Quoi, Maman ?

– Tu as déjà eu des rapports sexuels avec des filles ?

– Ou avec des garçons ?

Merci, Papa. Je sentais que tu pouvais ajouter ton grain de sel à ce moment de gêne absolue.

– On ne juge pas, hein, mon Greg… s'est-il empressé d'ajouter.

Qu'est-ce que je pouvais répondre ? Que j'avais quatorze ans ? Que les mots « rapports sexuels » me faisaient grave rougir ? Que je n'étais même pas certain de savoir *comment* faire, alors de là à me demander *avec qui*… J'ai secoué la tête.

– Et est-ce que, tout seul, tu…

J'ai mentalement supplié ma mère de ne pas terminer cette phrase.

– Je veux dire, est-ce que tu es *délicat* avec… enfin, quand tu te…

J'ai supplié une instance supérieure, un dieu vengeur ou une déesse bienveillante, de mettre un terme à ma vie. De m'achever, là, maintenant.

Je suis allé m'enfermer dans ma chambre.

Quelques examens plus tard, il s'est avéré que ce n'était pas une IST – on n'a pas su précisément ce qui avait déclenché cette première couillite. Pas plus qu'on n'a trouvé une raison à la deuxième, en octobre, trois semaines après ma rentrée au lycée.

Mais le souvenir de cette conversation avec mes parents, *Est-ce que tu es délicat avec toi-même ?*, me hante encore.

Depuis, je n'ose carrément plus me toucher, ou presque.

Pas plus de trois ou quatre fois par jour.

Mais bon, j'imagine que j'aurais pu vivre avec ça – un appareil génital frappé à répétition de maladies inexpliquées et embarrassantes. Au final, ça me faisait des vacances à rallonge du collège / du lycée où, pour être honnête, je n'ai jamais été plus à l'aise que ça.

Je sais bien, *ce n'est pas la faute des gens si je me sens à part, et il faut que je me force un peu si je veux m'épanouir pleinement dans ma vie de plus tard.*

C'est une phrase de mon psy de père quand il tente de me parler de mon « petit problème de socialisation ».

Antoine a eu la bonté d'attirer mon attention sur un autre problème.

Un problème de taille, ah ah ah.

Dans son palais de Versailles
Vint trouver le roi :
« Je suis gars de Cornouailles,
Sire, équipez-moi ! »
Mais le bon roi Louis Seize
En riant lui dit :
« Pour être garde française
T'es ben trop petit, mon ami,
T'es ben trop petit,
Dame, oui ! »

5

Je passe dans la salle de bains étendre mon maillot et ma serviette de piscine, puis je m'enferme dans ma chambre, sors mon ordinateur.

Google. Mots clés « mon sexe est trop petit ».

J'en ai marre mon pénis est trop petit

Bonjour, je vais surement coucher avec ma copine prochainement même très bientôt, dans moins de 5 jours, et j'ai honte de mon pénis car il fait 10 cm en érection. J'ai 14 ans, j'en ai marre s'il vous plait, aidez-moi !!! Rapidement si possible car j'ai vraiment besoin de conseils...

Je vous remercie d'avance

Tu as quatorze ans et tu vas coucher avec ta copine ? Tu AS une copine ?

Putain, je suis en retard sur absolument tout.

Et c'est encore pire quand je lis les réponses.

Salut,

Tout les mecs ont du se poser cette question... Déjà tu es jeune donc je pense que ta copine n'a pas une super grande expérience... elle n'a donc pas beaucoup ou pas du tout de point de comparaison

Ah ben voilà, tout est clair. QUAND je trouverai une copine – SI j'en trouve une –, il faudra qu'elle n'ait couché avec personne. Pour ne pas me comparer.

Simple.

(Et sinon, pourquoi autant de points de suspension ? Tu ne sais pas si ta phrase est finie ou tu la laisses résonner pour montrer à quel point elle est... intelligente ?)

Dis-toi que sans doute ta copine est aussi en train de se morfondre car elle trouve ses seins trop petits

Je n'y connais pas grand-chose d'accord mais ça me paraît moins actif, les seins, dans les rapports sexuels...

(Et sinon, la ponctuation, genre les virgules et les points, c'est pas la peine, c'est juste pour faire joli ?)

Sois tendre avec elle, échangez vos émotions verbalement pour vous guider et créer un moment unique.

Ah, oui, la tendresse. L'échange. Le verbal. J'imagine tout de suite.

« J'ai une trop petite bite.

– C'est pas grave, j'ai des seins comme des pois cassés.

– Top, on fait quoi, alors ?
– Je sais pas, t'as des cartes ? des codes Netflix ? »

Je suis une femme et je te promets que la taille n'est pas le premier critère d'une fille pour une relation sexuelle réussie !!

Pas le premier critère ? Le deuxième, alors ? Il faut quoi ? Des abdos d'acier, une haleine fraîche ET un membre discernable sans appareillage d'optique ?

De toute façon, quelqu'un qui met deux points d'exclamation, c'est suspect…

N'empêche que je mets un like à son commentaire, en espérant un tout petit peu qu'elle le remarque. On ne sait jamais, une femme pas trop regardante, c'est peut-être ce qu'il me faut…

Pour plus d'informations sur les petits pénis, cliquer ici.
Je n'aurais pas dû cliquer sur le lien – je n'avais pas vu qu'il contenait le mot « opération ». Maintenant, je connais le mot « micropénis » ET cette photo m'a brûlé la rétine pour toujours.

salut moi j'ai 18 ans et mon pénis avant faisait 14 cm en l'espace de deux ans il mesure 19 cm alors ne t'inquiète pas ça va venir.

On a tous des défauts, mais bon si on commence à tout scruter on vit plus. Bref pour le jeune homme de 14 ans, t'as pas encore fini ta puberté, attends encore un peu, tu as jusqu'à 20 ans. Le pénis grandit en deux fois, dont une fois à la fin de la puberté.

Ah mais oui, je vois bien le truc. J'ai bientôt quinze ans, pas de copine – enfin, soyons plus clairs, personne avec qui je puisse seulement envisager un contact physique –, donc, patience, j'ai seulement cinq ans à attendre pour que, d'un coup de baguette magique, mon engin double de volume façon Super Saiyan.

De quoi je m'inquiète ?

Quoique. Même doublé, ça ne ferait pas énorme, j'ai l'impression...

Salut, est-ce que vous mesurez réellement votre pénis ? Avec quoi, un double décimètre ?

Sur les forums, il y a toujours un internaute encore plus con que les autres dont on a envie de se moquer.

Sauf que, perso, je n'aurais pas besoin d'un double décimètre, je le crains. Ça existe, un simple décimètre ?

Un demi-décimètre ?

Un microzézettomètre ?

Bien sûr que la taille est pas importante, mais il n'y a rien d'extraordinaire ou de malsain de mesurer son zizi ! Pour les filles c'est naturel de parler des seins en 85, 90, 105... avec des bonnets A, B, C, D, E... alors pourquoi les hommes ne pourraient pas donner la longueur de leur pénis ? certains précisent également le diamètre, car la grosseur apporte aussi ses plaisirs.

Le diamètre. Mais bien sûr. Je crois que Papa a un pied à coulisse dans sa boîte à outils. Je ne sais pas bien comment on s'en sert, mais ça doit pas être beaucoup plus compliqué qu'un tournevis.

Cela dit, la dernière fois qu'il a essayé de visser un truc, mon père s'est ouvert le pouce. Je préfère laisser de côté l'idée de mesure pour le moment.

Peut-être parce que je suis à peu près certain que ça va m'effrayer encore plus.

Tu sais, la taille n'est pas un critère en amour, on dit souvent qu'il vaut mieux avoir une petite butineuse qu'une grosse fainéante. La taille n'est pas importante du moment que tu donnes du plaisir à ta copine.

Si tu as honte d'en parler avec elle, opte pour un endroit romantique avec des lumières tamisées, c'est rassurant pour toi ainsi que pour elle, car elle aussi doit avoir des appréhensions ! Sois doux avec elle, prends le temps pendant les préliminaires et le reste suivra. mais surtout ne fais pas une fixation sur la taille de ton pénis

Au-delà du fait que ça m'irrite quand on commence une phrase sans majuscule, j'imagine la scène – avec un type en train de me crier dessus. SOIS DOUX !!! BUTINE ! DONNE DU PLAISIR !! NE PANIQUE PAS !!! NE TE FIXE PAS SUR LA TAILLE DE TON PÉNIS !!!

Tu risquerais de rater un bon moment ou carrément une petite panne, alors à toi de voir !!!

Une panne ? Quelle panne ?

J'ai un tournevis microscopique, et en plus il risque de ne pas fonctionner ?

6

Après le dîner, j'aide Maman à débarrasser la table, puis je dis que j'ai des devoirs à finir et je retourne dans ma chambre pour une ou deux parties de Fortnite (un droit acquis de haute lutte il y a à peine plus d'un an !) avant d'aller me laver les dents et de me mettre en pyjama.

Je profite de l'opération déshabillage pour regarder dans la glace le reste de mon corps, objectivement.

Je veux dire : je ne suis pas qu'une bite. Une teub. Une queue. Une zézette. Je suis bien autre chose, non ?

J'ai de beaux pieds. Enfin, je pense. Ils sont droits, fins, assez longs – je chausse du 43 et je ne suis pas sûr d'avoir fini de grandir. Quand j'étais petit, je regardais ceux de mes cousins ou de mes parents, et je complexais un peu parce que, contrairement à eux, j'avais le deuxième orteil qui dépassait le premier. Je trouvais ça nul et mal rangé, surtout vu que les autres avaient les doigts de pieds tout droit et alignés au cordeau. Et puis, ma tante Margot m'a dit que ça s'appelait le pied grec, et que c'était celui des statues antiques. Le summum du style.

Cela dit, les statues grecques ont de tout petits kikis.

chosesàsavoir.com
Pourquoi les statues grecques ont-elles un petit pénis ?

Dans son livre Greek Homosexuality *le professeur Kenneth Dover explique comment les pénis longs et épais étaient considérés dans le monde culturel, durant l'Antiquité chez les grecs, comme grotesques. Leur représentation était ainsi limitée aux œuvres d'arts satyriques, à la laideur et aux barbares.*

Au contraire les petits pénis étaient associés à la modération, vertu cardinale de l'idéal masculin et par prolongement, idéal esthétique. Car l'idéal de l'homme grec était bien rationnel et intellectuel. Cet homme « idéal », devait être doté d'un petit sexe.

(...) Cet idéal de représentation se poursuivra bien après les Grecs. On représente toujours le pénis petit chez les romains mais aussi à la Renaissance. Un bon exemple est le David de Michel-Ange réalisé entre 1501 et 1504 et exposé à Florence.

J'ai le pied grec et le sexe à la Michel-Ange. Et ça me fait une belle jambe.

Je ne suis pas né à la bonne période. Je vis en des temps laids et barbares, où tout le monde rêve de gros pénis.

Moi le premier.

Bon. Le reste de mon corps. Mes mollets, mes genoux, mes cuisses, ça irait ; ça va mieux, en tout cas, depuis deux ou trois ans. J'arrive à mettre des shorts, c'est dire.

Quand j'étais petit, une amie de ma grand-mère m'a vu passer en caleçon de bain. Elle a dit, je me souviens : « Il a de bonnes cuisses. » Je me suis trouvé immédiatement trop gros des membres inférieurs (si j'avais su !) et, pendant plusieurs étés, ensuite, j'ai refusé de porter autre chose que des pantalons.

Mais c'est revenu, plus tard. Avec le sport en sixième, les tours de terrain ou le foot, où décidément le jogging n'était pas pratique. Et puis, avec le début de la puberté, j'ai poussé droit et haut, un peu comme un arbre, et mes jambes, sérieux, ne sont pas si mal que ça.

Quel dommage que tout le monde s'en foute.

Au-dessus de mes jambes et de la ridicule abomination qui les surmonte, il y a mon ventre.

Mon ventre est très problématique : il n'a jamais, mais alors jamais, été plat. J'ai du bide.

J'ai du bide, mon père a du bide, son père a lui en a aussi. Et pourtant, ils sont sportifs – Papy, surtout, il a été prof de gym et, à soixante-cinq ans, il fait chaque semaine plusieurs centaines de kilomètres à vélo. Il a des épaules et des biceps plus gros que les miens. Il a même des abdos – je le sais, je l'ai vu torse nu au jardin, il est plus taillé que Papa.

Et.

Il a une brioche. La bedaine. La bouée. Pas de gras à proprement parler, mais un ventre qui dépasse.

– C'est la malédiction familiale, plaisante Papa. Il n'y a rien à y faire. Et alors ? C'est joli, un petit ventre, non ?

Une fois, j'ai fouillé dans un forum de musculation à ce sujet ; j'ai décidé d'arrêter les sucres et les graisses et de faire des exercices tous les jours.

J'ai tenu presque deux semaines. À part pour les sucres.

Et pour les frites, si ça compte comme des graisses.

Pieds grecs. Jambes potables. Bas-ventre – n'en parlons pas. Au-dessus de celui-ci, donc, ce qui était selon ma mère « un adorable bidon de bébé » et qui n'a visiblement aucune chance de disparaître.

Sauf qu'avec les poils, il est sans doute bien moins adorable.

Parce qu'il y a ça aussi. L'invasion pileuse.

Papa porte la barbe – il la rase toutes les deux ou trois semaines, en même temps que ses cheveux, pour dissimuler sa calvitie (encore un héritage maudit, je suppose ?). Et son torse est couvert d'une toison noire et fournie.

Ça ne me gênait pas, avant. Au contraire, quand j'étais petit, ça me fascinait. Je trouvais ça hyper doux et tellement beau.

C'était avant que je commence à voir pousser, sous mes bras, dans mon caleçon, et un peu n'importe où dans une zone située entre mon nombril et mes narines, de longs fils disgracieux et rêches.

Sur Internet, j'ai fait une recherche avec « corps masculin parfait » / images.

Je n'ai pas vu l'ombre d'un poil.

Qu'est-ce que je peux dire d'autre ? Je crois que j'étais un joli garçon quand j'étais un petit garçon. Il y a une photo de moi avec la tête d'angelot toute ronde, les traits réguliers, les cheveux lisses et bien coiffés.

Un sourire confiant. Limite ravi de la crèche.

Quand on me connaît bien, on peut deviner que c'est moi. Que c'était moi.

Défiguré.

Dernier point de l'axe orteils-genoux-poils, mon nez s'est mis à pousser avec apparemment une vie propre ; il a décidé de grandir vers le haut, façon corne de rhinocéros – avec un duvet noirâtre parfaitement dégoûtant en dessous.

– Ne te rase pas encore, m'a conseillé Papa, sinon ça repoussera encore plus dru.

J'ai tenu trois mois avec sous les narines un truc qui ressemblait au pelage d'un petit animal chelou. Puis, je n'y tenais plus, j'ai appris à me raser – ou plutôt à tenter de slalomer entre les boutons d'acné, avant de me balader trois jours durant avec une coupure ridicule au coin du nez.

Mes cheveux, quant à eux, ont l'air d'avoir opté récemment pour une sorte d'ondulation hésitante et une texture cartonnée façon pelage de chien, qui les rend impossibles à coiffer, même avec deux tonnes de gel ultra-fixant.

Maman me dit de ne pas essayer, que le gel donne des pellicules. Elle a peut-être raison – des pellicules, j'en ai partout. Même quand je ne mets pas de gel, d'ailleurs.

Qu'est-ce que j'ai oublié, de mon corps ? Ah, oui, le torse. Les pecs.

Pas étonnant que je n'y aie pas pensé : eux-mêmes ont oublié de se présenter à l'appel.

Dans le vestiaire de la piscine, les mecs ont tous des pectoraux. Il y en a qui arrivent à les faire tressauter. Dylan Charcot a même des trucs qui ressemblent vachement à des seins. Mais personne ne se moque de lui, ne l'appelle « Dylan Cachalot » ni « Dylan Charclot » en face, parce qu'il pèse près de cent kilos, qu'un seul de ses bras mesure comme mes deux jambes et qu'il joue pilier au rugby.

Il y en a qui ont toutes les chances.

Bref, pour terminer ce petit bilan physique : mes pieds ne sont pas trop pourris. Le reste…

On tambourine à la porte de la salle de bains.

– Greg, ça va ?

Ma mère. Elle s'inquiète pour moi.

Pas étonnant, vu le ratage que je suis. Elle doit se dire qu'entre mes maladies à répétition et mon physique, elle ne se débarrassera jamais de son fils.

Des fois, j'ai juste un peu envie de mourir.

La guerre éclate en Bretagne
Au printemps suivant,
Et Grégoire entre en campagne
Avec Jean Chouan…
Les balles passaient, nombreuses
Au-dessus de lui,
En sifflotant, dédaigneuses :
« T'es ben trop petit, mon ami,
T'es ben trop petit,
Dame, oui ! »

7

Max Egrogire et le dernier combat, part. 1

Récit – Greglitt

– Nous allons mourir, Max, murmura Chloé Rembrandt.

Ses lèvres fines tremblotaient, et une mèche de sa chevelure blonde masquait son regard. Pourtant, il n'y avait pas de crainte dans sa voix. Juste une certitude et de la résignation.

Max Egrogire se redressa de toute sa taille. Sa longue cape de cuir et son chapeau à larges bords dissimulaient en partie son visage, mais pas l'éclat de ses yeux, dans lesquels se reflétait la lueur des étoiles. Il posa une main protectrice sur l'épaule de sa compagne. Elle frémit au contact de sa peau, sentant une chaleur irradier dans sa poitrine.

– Ils tirent trop haut, nous ne risquons rien, affirma-t-il posément.

Les balles sifflaient, traçant des sillons enflammés dans la nuit. Au-dessus d'eux se dressait la haute silhouette du Donjon noir.

– Ceux qui t'ont fait du mal vont mourir ce soir, conclut-il. Tu seras vengée.

C'était la promesse qu'il avait faite à Chloé devant la dépouille de ses pauvres parents, lâchement assassinés par le vil comte de Kernouillac.

Chloé saisit la main posée sur son épaule et y posa ses lèvres délicates. Elle serra les doigts puissants dans les siens, comme si elle ne devait jamais les laisser partir.

– Nous pouvons peut-être nous enfuir, soupira-t-elle.

Il la regarda avec surprise. Jamais, dans toutes ces années passées ensemble, elle n'avait suggéré une telle chose. Pour Max Egrogire et Chloé Rembrandt, la fuite n'était pas une option. Ils se battaient toujours jusqu'à la mort.

On les surnommait les Brigands de Cœur car, s'ils étaient sans pitié avec les nobles et les méchants, ils donnaient tous leurs biens aux pauvres.

Ce soir, c'était au pire de toute la racaille, à l'infâme baron de Kernouillac, qu'ils s'attaquaient.

– Je le tuerai, gronda Max. Je lui passerai ma lame dans le ventre et je le regarderai mourir sous mes yeux. Ensuite, Chloé, vous reprendrez les terres qui sont les vôtres, et vous rendrez la liberté et la justice aux paysans qui les peuplent.

La jeune femme ne répondit rien, mais elle le regarda, les yeux brillants. Comment son protecteur aurait-il pu deviner que reprendre son titre et son château n'intéressait guère la jeune femme ? Qu'à force de grandir près de cet homme au visage balafré, inflexible, austère et pourtant juste, elle avait fini par concevoir pour lui une énorme affection, qui ressemblait de plus en plus à un amour sincère ?

La main du héros retomba. Un instant, elle faillit la reprendre et la porter à son cœur palpitant, sous les globes de marbre de sa poitrine. Mais, déjà, l'homme à l'épée bondissait hors de leur cachette sous les douves.

– Attendez-moi ici, ordonna-t-il à Chloé.

Malgré les balles qui sifflaient au-dessus de lui, il se fondit dans la nuit noire.

8

Merde. Ça ne marche pas.

Y a rien qui vient. J'ai l'impression de patiner, de faire tout le temps la même chose.

Souvent, quand j'écris, je me laisse emporter. Je m'arrête quand je sens que quelque chose sonne faux, comme dans un morceau de musique.

Sauf que là, tout sonne faux.

Je n'arrivais pas à m'endormir – la scène avec Antoine me tourne encore et encore dans la tête. Alors j'ai fait ce que je fais dans ces cas-là.

Non, pas l'activité avec un kleenex. *L'autre* activité pour laquelle j'ai besoin de mes mains : je suis allé sur mon profil de fanfiction et je me suis mis à écrire.

Voilà un an et demi que j'ai commencé les *Aventures de Max Egrogire*. Au début, j'ai voulu choisir un héros connu, comme dans les vraies fanfics. Sauf que je n'en trouvais aucun qui me plaisait, à part peut-être ceux de *Games of Thrones*, mais tout le monde les prenait. Je me suis dit : « Tant pis, j'en invente un. »

Max Egrogire et sa jeune protégée Chloé Rembrandt, la princesse injustement dépouillée de son titre, sont arrivés comme ça.

La série a compté jusqu'à 87 lecteurs fidèles, garde 43 abonnés dont 14 fans purs et durs. Je sais, c'est pas dingue comme statistiques, mais quand je pense à tous ces gens que je connais pas et qui aiment mes histoires, ça me donne un tout petit peu le vertige, quand même.

Mon épisode préféré reste *Max Egrogire contre Chloé*, à la fin de la première saison (oui, j'ai découpé ça en saisons, je trouve que ça marche mieux), où Max, drogué par un alchimiste, prend la jeune femme pour une traîtresse, et s'apprête à lui passer son épée à travers le corps. Au moment de la tuer, il sent une larme d'elle couler sur sa bouche, et ce quasi-baiser le tire brusquement de sa catalepsie.

C'est tellement beau. Et chaud, quand même ☺, a réagi Maud314.

Meilleur épisode jamais. Ça marcherait trop au cinéma, a commenté XXmiss33.

J'en ai le cœur qui bat, a ajouté un autre lecteur avec tout un tas d'émoticones.

Pourquoi ils ne vont pas plus loin ? a quand même critiqué Ferdelancedu16. *Genre, ils s'embrassent même pas.*

Mais, de toute façon, il critique tout le temps mes histoires.

Au fait, tu as remarqué que tes persos changent de nom tt le temps ? C'est exprès ou quoi ?

Non mais de quoi je me mêle ?

J'ai beaucoup écrit pendant les confinements. Pendant les épididymites aussi. C'est d'ailleurs peut-être un peu à cause d'elles que les rapports entre Max et Chloé restent si sages : penser à des trucs plus hard que des doigts qui s'effleurent, des cœurs qui cognent ou de longs soupirs à fendre l'âme, ça me collait parfois la trique et, aussi agréable que ce soit sur le moment, je le payais trois minutes plus tard par un pic de douleur dans les étages d'en bas.

Mais ce soir, j'en ai, pour ainsi dire, plein les couilles de ces histoires de gamin. Je n'arrive plus à y croire. Je trouve ça pénible à écrire, et ça doit l'être encore plus à lire. Marre de ça. Marre de moi et de mes histoires à la guimauve.

Je me recouche, furieux, incapable de dormir.

Jusqu'à ce qu'Antoine pénètre dans ma chambre.

9

– Alors, elle est trop petite ? Si petite ?

Antoine est une fille. Une fille avec des seins très doux et ronds et fermes. Qu'il place au-dessus de ma tête. Je ne peux pas bouger. Elle m'étouffe.

Ils m'étouffent et j'adore ça. Mon sexe est dur, de brèves décharges le parcourent.

– Petit petit petit, où es-tu ? Viens là, mon tout-petit...

Antoine baisse les lèvres vers mon ventre, parcourt la ligne qui relie mon sternum et mon nombril. Sa langue s'aventure autour de mon gland, aspire doucement.

J'ai beau savoir que c'est un garçon dans le corps d'une fille, je ne peux retenir mon plaisir.

Quelque chose jaillit en moi, coule chaud sur mon ventre.

Je me relève, honteux, tourmenté. Les draps sont tachés et gluants.

Je déteste les mots « pollution nocturne ».

Pire que ça, j'ai rêvé d'Antoine.

10

Max Egrogire et le dernier combat, part. 2

Récit – Greglitt

– Max... Max... Vous êtes là ? murmura Chloé d'une voix tendue.

Le château de Kernouillac était silencieux. Un silence de mort. Les corps jonchaient le sol, et les bottes souples de la jeune femme collaient au carrelage sanglant.

Plus rien ne bougeait. Par l'escalier de pierre, elle atteignit la plus haute salle du donjon circulaire. Les signes montraient que le combat avait été d'une violence rare. Lorsque son pied cogna contre une tête détachée de son tronc, qui roula jusqu'au mur, elle eut un haut-le-cœur.

Mais le spectacle le plus terrible l'attendait au beau milieu de la pièce.

Max Egrogire gisait là, baignant dans son sang.

Elle se précipita vers lui, s'agenouilla pour lui prendre le pouls. Mais elle ne sentit rien sous ses doigts.

La jeune femme baissa les yeux pour tenter de voir la blessure. Deux coups d'épée avaient découpé net son pourpoint et le haut de son pantalon de cuir. Par l'ouverture béante, la jeune femme distingua la peau nue du héros. Son visage se contracta d'horreur.

– Ne craignez rien, jeune pucelle, souffla une voix fétide juste derrière elle.

Elle se retourna d'un bond. L'infâme duc de Kernouillac se tenait là, la lame de son épée maculée de sang écarlate.

– Que lui avez-vous fait ? gémit Chloé Rembrandt.

Un sourire carnassier naquit sur le visage repoussant.

– Rien de plus que ce qu'il comptait me faire.

La jeune femme parut ne pas comprendre.

– Mais… vous lui avez… vous avez tranché son…

Le baron la regarda avec surprise, puis baissa les yeux sur le cadavre encore chaud. Ensuite, il releva la tête.

– Ah, vous parlez de son sexe ? Je ne l'ai pas coupé. Il était comme ça au départ.

Chloé sentit son cœur chavirer. Mais l'ignoble individu continua :

– En revanche, de mon côté, je suis bien mieux équipé.

Et, d'une main aux ongles noirs, le baron Karmillac déboutonna sa braguette, découvrant un énorme sexe dressé.

FIN.

Je clique sur « Publier », le cœur battant.

JEUDI

11

WTF, man ? Pour une fois que c'est chaud !!! Et MDR la teub minuscule, ça explique pourquoi il était si froid ! Vivement la suite.

Ferdelancedu16

C'est pas du tout mon truc, et franchement je n'aime pas comment ça finit. Trop déçue, j'espère que c'est une blague. Ou tu as été piraté ? Je te rappelle quand même que sur cette plateforme, les contenus adultes sont interdits.

XXmiss33

Très surprise. Je ne sais pas trop quoi en penser. Je comprends que tu aies envie de changer de style, mais ça... Tu n'as pas peur d'être banni par les modos ?

Maud314

Wow. Intéressant. Ça change des trucs qu'on lit par ici. Mais la suite, c'est quoi ?

Kika93

J'avais essayé d'arrêter, mais quand j'ai écrit un truc, je ne peux pas m'empêcher de regarder mes stats dès que je me lève. Et toutes les cinq minutes ensuite.

Pour la nuit : 48 vues, 14 likes, et 4 commentaires. Dont un d'une lectrice que je ne connais pas. D'une nouvelle.

C'est pas mal, en fait. Inespéré, même. Surtout pour un texte même pas relu (c'est ma première fois).

– Grégoire, tu es levé ?

La voix de mon père derrière la porte, toute douce.

Il paraît que quand il avait mon âge, son grand frère le réveillait tous les matins en tambourinant à la porte, et il s'est juré de ne jamais faire ça à quelqu'un.

– Oui, P'pa. J'arrive.

Je m'habille, je fais mon lit. Avant de sortir de ma chambre, juste pour le plaisir, je recharge Plumedange.net.

Où mon texte a disparu. Un message d'erreur apparaît chaque fois que je clique.

« *Tu n'as pas peur d'être banni par les modos ?* »

Merde…

Je referme mon ordinateur. Me relève de ma chaise. J'ai un tout petit peu mal au ventre.

Un peu.

Beaucoup.

Vraiment.

J'enlève mon pantalon, je vais m'allonger sur mon lit. Mon père repasse dans le couloir quelques instants plus tard.

– Papa ?

– Quoi, Greg ?

– Je crois que j'ai de nouveau mal.

La porte s'ouvre. Visage anxieux.

– C'est encore ton ventre ?

– Ouais...

– Tu crois que tu peux aller au lycée ?

Je secoue la tête.

– Franchement, je le sens pas... Je suis désolé.

Il hausse les épaules.

– Je sais que tu ne fais pas exprès, Grégoire. Bon, je préviens Maman. Par contre, on bosse tous les deux, aujourd'hui. Ça va si on te laisse tout seul ? Si tu as trop mal, tu nous appelles, et on ira chez le docteur.

– OK.

Mon père hésite ; un instant, je me dis qu'il va entrer dans ma chambre et m'embrasser, comme quand j'étais petit. Mais on ne fait plus ça. Il se contente de me sourire, un sourire à la fois compatissant et gêné.

– Allez, ça va aller, je suis sûr. Courage. À ce soir, mec.

Quand il referme la porte, j'ai presque envie de pleurer.

Mais enfin l'une le frappe
Entre les deux yeux…
Par le trou l'âme s'échappe :
Grégoire est aux cieux !
Là, saint Pierre qu'il dérange
Lui dit : « Hors d'ici !
Il me faut un grand archange :
T'es ben trop petit, mon ami,
T'es ben trop petit,
Dame, oui ! »

12

Je ne vais pas me branler.

Me toucher. Me caresser. Me donner du plaisir. Me tripoter le bout.

Non.

Je ne vais pas tenter de contourner le contrôle parental pour mater des sites de cul ni fantasmer sur des meufs et des corps et des bouches et des seins. De toute façon, j'ai déjà essayé, je n'y arrive pas. Je suis la honte de ma génération : mon père est nettement plus fort que moi en informatique. Tout ce que je peux y gagner, c'est, ce soir, une conversation du type :

– Greg, mon chat, je vois une tentative de connexion privée dans l'après-midi. Tu as eu un souci ?

– Non, P'pa, je...

– Tu veux qu'on révise la liste des sites libres d'accès ?

Wikipédia, ENT, le forum « entre ados » de Doctissimo (où je n'ose quand même pas entrer, parce qu'il faut signer et je crains les regards bienveillants de mon père le soir) et Plumedange.net. Voilà les sites que je peux fréquenter sans m'attirer de questions. Alors tout ce qui est porno, pas question.

Bon, j'ai toujours mon téléphone – mais avec 50 Mo de données, je n'irai pas loin.

Je ne vais pas bander. Je ne vais pas pétrir mon sexe mou et chaud, pas glisser la main dans mon caleçon.

Pas caresser le bout de mon gland avec mon pouce.

Je me lève de mon lit. Mon caleçon flotte devant moi comme un petit drapeau entortillé autour de son mât. De sa hampe.

Hampe, gland, testicules, verge, corps caverneux, méat, prépuce, bourses.

Pour mes douze ans, Maman m'a acheté un livre sur la sexualité. Je l'ai beaucoup feuilleté, retenu les mots, sans vraiment voir le rapport entre les dessins en coupe et mon sexe à moi. Et je trouvais les conseils super malaisants.

Même si, d'accord, certaines photos m'ont toujours fait beaucoup d'effet – la page 284 porte à sa pliure la trace de cette émotion mal contrôlée. En fait, ce sont un peu les seules images de corps entièrement nus que j'ai pu vraiment regarder ; et comme elles sont très soft, je n'avais jamais remarqué à quel point mon propre engin était démesurément petit.

Mes couilles se balancent dans le caleçon ; c'est presque un peu douloureux, comme quand j'avais cette inflammation.

J'en ai peut-être une. Je n'ai peut-être pas menti à mes parents. Je retournerai peut-être au lycée demain.

À cette idée, mon sexe se rétracte. Je revois le visage d'Antoine, son regard méprisant. Les filles qui me regardaient en riant au retour de la piscine.

Je n'ai aucune envie de me branler.

Je fais pipi, debout. Je baisse les yeux sur mon zizi – c'est bête, mais c'est comme ça que je l'appelle, quand je le regarde. Rose et fripé. Et petit, donc.

Traversé par le jet, vibrant sous mes doigts, agité de petites secousses.

Est-ce que quelqu'un, un jour, est-ce qu'une fille, voudra le toucher, le prendre dans sa main ? Le regarder ? Peut-être en approcher son visage, peut-être tendre la langue, hésitante, puis…

Je ne banderai pas.

Mon cœur se met à battre plus fort.

Bon, je ne vais pas me branler. Pas ici. Les toilettes, ça ne m'inspire pas. Et je préfère être assis ou allongé. En plus, le papier hygiénique, pour s'essuyer, c'est nul, ça colle. Pas envie de traverser l'appartement avec plein de petites peluches roses sur les doigts et sur la queue.

Je ne vais pas me toucher – pas encore, ça fait seulement dix minutes que je suis seul, je ne suis pas un animal, je ne pense pas qu'à ça.

Je tire la chasse, vais me laver les mains dans la salle de bains.

Sur le coin de la baignoire, le shampooing me fait de l'œil. J'ai découvert que si j'en mets quelques gouttes au creux de la paume, ça glisse bien mieux, et c'est super agréable. Seul inconvénient : maintenant, l'odeur pêche-abricot me donne envie de me toucher.

Je suis vraiment devenu chelou.

Plus tard. Je me doucherai plus tard.

Je retourne dans ma chambre. Rouvre mon ordinateur.

Forcément, pas de connexion. Ils la coupent quand ils partent, c'est la règle à la maison.

« C'est pas une question de confiance, Grégoire. C'est juste que passer trop de temps sur Internet, c'est comme un cercle vicieux. Tout est fait pour capter ton attention, et tu ne muscles pas ton imaginaire ni tes capacités intellectuelles. »

Les théories de mes parents.

Mes capacités d'imagination vont très bien. Je n'ai pas besoin de sites pornos pour ça. Je peux très bien imaginer tout seul. Par exemple, Camille Boudou, légèrement penchée sur moi, qui…

Non. Je ne veux pas penser à ça.

Camille Boudou.

Je me sens durcir. Je n'y peux rien.

Imaginons, je suis allongé sur mon lit, un bras sur les yeux, je ne doute de rien, et à un moment Camille approche et…

Mon téléphone vibre.

MAMAN

Ça va comment mon petit chéri ? Dsl d'être partie si vite.

13

Non, mais franchement, est-ce que je peux penser à autre chose qu'à ça ? Est-ce que je suis un obsédé sexuel ?

Même avant, avant les couillites, les confinements, les blagues d'Antoine, je me demandais si je n'étais pas un peu malade. Parce que j'y pensais en permanence.

Il y a eu un moment, je suppose, où j'étais un enfant normal. Je rêvais d'être un super-héros, de voler, de battre des records du monde. Il me semble me souvenir que j'avais des idées bizarres avec des gens tout nus, d'accord, et j'aimais bien quand on jouait à se déshabiller avec mes cousins et mes cousines, mais c'était rare. J'en suis sûr.

En tout cas, il m'arrivait de penser à autre chose.

Je ne sais pas bien à quel moment ça a basculé.

Un jour, en quatrième, en plein cours, la prof de maths a appelé mon prénom :

– GRÉGOIRE !!!

J'ai sursauté – en fait, j'ai failli tomber de ma chaise.

– Alors, Grégoire, tu rêves ? Tu peux répéter ce que je viens de dire ?

Non seulement je ne pouvais absolument pas, mais je redoutais qu'elle me demande de venir parler au tableau. Mon jogging était tendu d'une érection énorme (enfin, énorme pour moi, c'est-à-dire possiblement visible par un observateur affûté). Parce que, l'instant d'avant, j'étais complètement perdu sur une orbite double, les yeux plongés dans le décolleté de Camille Boudou, à la table d'à côté, avec ses deux planètes inconnues qui attiraient mon regard et mes pensées. Plus perché que Thomas Pesquet. Je sentais son parfum qui flottait jusqu'à moi, et j'oubliais tout – le cours, les maths, la présence des autres. Je me fondais dans son odeur.

Et là, d'un seul coup, le cœur cognant dans la gorge, le ventre tordu d'angoisse et d'excitation à parts égales, face à la prof de maths qui continuait à m'engueuler, j'ai pris conscience que cet état d'esprit était le mien depuis des jours et des jours. Des mois, peut-être. Que mon corps était traversé par des flux inconnus, ma tête comme gonflée d'une énergie poisseuse qui ne me quittait plus.

J'ai compris que c'était la puberté – j'avais le livre de ma mère. Et je me suis dit, horriblement peiné : « Peut-être que ce sera toujours comme ça, désormais. »

Effectivement, ça l'est. Voire, c'est devenu encore pire.

Au centre de mes pensées, de mes respirations, il y avait et il y a cette question, sans cesse : *Quand est-ce que je pourrai enfin coucher avec une fille, et comment ce sera ?*

Bon. De ce côté au moins, et grâce à l'intervention d'Antoine, me voilà fixé : ça n'arrivera jamais, ou alors dans très longtemps, et de toute façon ce sera un désastre parce que mon truc est trop petit.

Étrangement, néanmoins, ça ne me calme pas. Entre le départ de mes parents, à 7 h 30, et le retour de ma mère à 18 heures, j'ai dû me branler neuf fois. Et encore, je me suis retenu.

Ce n'est même plus très agréable, à la fin. Pas douloureux, mais un peu irritant à la longue. Sans parler du fait qu'il faut que je nettoie à chaque fois. Je jette les kleenex sales à la poubelle, et pas tous au même endroit, ça serait suspect.

Mais si je ne le fais pas, j'ai l'impression que quelque chose me manque. Que j'ai mal, presque. Que je pourrais exploser.

En fait, être un garçon, c'est une malédiction. La malédiction de la teub en folie.

Le Mordor au milieu du corps. Le mont Destin dans le ventre.

– Ça s'est passé comment, ta journée, mon chéri ? lance Maman en rentrant. Tu as toujours mal ? Tu penses que tu pourras retourner au lycée demain ?

Pas moyen – je ne veux plus sortir. Jamais.

Ce n'est pas que je sois bien dedans ; juste, je suis trop mal dehors. Mais pas la peine de répondre ça – on verra demain matin. J'ai trouvé la ruse, je leur livre mon bulletin de santé juste avant qu'ils partent au boulot, pour qu'ils ne puissent pas organiser la contre-offensive.

D'ailleurs, ma mère écoute à peine ; elle continue :

– Tu as mangé quoi, à midi ? C'est bizarre, cette odeur, non ? Ça sent le renfermé.

Je me dépêche d'aller aérer ma chambre avant qu'elle ne me fasse une autre remarque.

Elle s'installe au salon, commence sa méditation. Papa rentre une demi-heure plus tard, me pose à peu près les mêmes questions, Comment tu te sens ? Tu vas au lycée demain – quoique, là, je ne sens pas trop le point d'interrogation dans sa voix. Il m'annonce qu'il va courir, me propose de l'accompagner ; mais bien entendu je ne peux pas lui répondre par l'affirmative, ce serait chelou pour un convalescent souffrant des testicules. Pas envie de toute façon. J'annonce que je vais dans ma chambre pour rattraper mes cours de la journée – c'est OK si on rebranche Internet ? Il acquiesce, et chacun d'entre nous part dans son coin.

Je me connecte sur l'ENT pour récupérer les leçons et les devoirs, que j'expédie en cinq bonnes minutes ; puis je retourne sur plumedange.net, en me demandant si mon texte d'hier est toujours interdit d'accès. Il l'est.

Mais je m'en fiche.

Parce que mon profil affiche une notification de message. Et ce n'est ni un modo ni une circulaire à l'attention des usagers du forum. C'est un mot, personnel et signé.

Cher Greglitt

C'était intéressant ce que tu as écrit hier. J'ai lu par hasard, j'avoue, mais j'ai bien aimé. J'ai remonté tes textes, et sincèrement, j'aime moins quand tu te contentes d'aventures/fantasy classique. En d'autres termes, je préfère quand c'est un peu chaud ☺. Sauf que, visiblement, ce forum n'est pas l'endroit pour ce genre de littérature, dommage que tu te sois fait ban ! Mais justement, je me demandais : peut-être que tu écris ailleurs ? Est-ce qu'on peut lire d'autres textes de toi – si possible un peu sexy ? J'ai envie d'en savoir plus sur toi et ton… imagination.

À bientôt j'espère,

Kika93

J'ai beau me répéter que je m'emballe, que c'est sans doute une forme un peu élaborée de spam ou de phishing, en vrai, c'est exactement ce que j'attends depuis si longtemps.

Mon cœur cogne dans ma poitrine et ma gorge, comme si la porte d'un monde merveilleux et interdit venait de s'ouvrir devant moi.

Mais en entendant la chose, Jésus se fâcha
Entrouvrit son manteau rose pour qu'il s'y cachât

Ainsi fit entrer Grégoire en son paradis
En disant : « Mon ciel de gloire
Est pour les petits, mon ami !
Est pour les petits,
Dame, oui. »

OK, je ne suis pas sûr que la vieille berceuse de ma mère ait un rapport avec tout ça, mais oui : j'ai l'impression d'être arrivé au paradis.

Chère Kika…

14

Greglitt31
À : Kika93
18 h 33

Chère Kika,

(j'imagine que ce n'est pas vraiment ton prénom, mais je le trouve quand même beau.)

Merci de ton message et de ton commentaire. Je suis un peu surpris, c'est rare qu'on m'écrive directement. C'est même la première fois sur ce forum. Je suis ravi, donc, que tu aies apprécié les aventures de Max Egrogire.

Plumedange.net est le seul forum que je fréquente, en fait ; je n'ai jamais écrit ailleurs. Si tu peux me conseiller un site moins sensible et surveillé par les modérateurs, ça m'intéresse.

En attendant, j'ai écrit ça pour toi... J'espère que ce sera à ton goût

G.

*

Récit : Chloé Rembrandt contre le baron

D'une main aux ongles noirs, l'ignoble individu déboutonna sa braguette, découvrant un énorme sexe dressé.

– Je vais te faire goûter aux plaisirs de la chair, lâcha le baron en s'avançant vers elle.

Chloé voulut s'enfuir mais deux gardes se précipitèrent sur elle pour lui emprisonner les poignets. L'un d'eux saisit son corsage et tira. La toile fine se déchira d'un seul coup, laissant apparaître une poitrine nue et palpitante, aux tétons fièrement dressés.

– Sublime... marmonna le baron.

Un sourire pervers illuminait son visage. Du manche de son long fouet, il se mit à caresser les cuisses de la jeune femme, remontant inexorablement vers le sexe.

– Des pantalons, lâcha-t-il d'un ton méprisant. Vous autres donzelles aimez donc tant vous accoutrer comme des damoiseaux ? Gardez vos jupons, qu'on les trousse !

Il fit signe de la main à ses gardes. Ceux-ci devaient avoir l'habitude des ordres et des lubies de leur maître car, comme avec des mouvements habitués, ils firent pivoter la malheureuse Chloé, de sorte qu'elle tournait désormais le dos au baron ; puis l'un des deux saisit sa ceinture de corde et l'arracha sans le moindre effort, avant de laisser glisser le pantalon le long des jambes, dévoilant une peau fraîche et rose.

– Et elle ne porte rien en dessous ! constata le baron, admiratif.

Le garde qui tenait Chloé avala sa salive. Contre sa hanche, la jeune femme sentit son sexe tendu. Elle voulut s'en écarter, mais l'homme la retenait fermement.

– Ne bougez pas, souffla-t-il.

– Il a raison, ricana l'homme au fouet. Vous savez ce qu'on fait aux petites impudentes comme vous, lorsqu'elles se rebellent ?

La lanière de son fouet siffla et s'abattit sur la chair nue.

15

Kika93
21 h 49

Greglitt, mon cher – ou ma chère ?

(à te lire, je penche à 87 % pour « cher » – ça me va très bien, j'adore les garçons. Et les filles aussi. Je crois que j'adore les deux sexes, le sexe en général… Mais revenons à ton message.)

Alors, c'était ça que tu avais en tête ? La contrainte, la violence ? La pauvre jeune fille malmenée par les méchants ? *Rape and revenge ?*

Bof.

Je veux dire, pourquoi pas, si ça te branche ? Juste, je ne te suivrai pas. J'ai lu *Histoire d'O,* et même quelques trucs du cycle de Gor. J'ai trouvé ça plutôt ennuyeux. En tout cas limité dans l'imagination. Ça me met plutôt mal à l'aise – parce que ça ne m'amuse pas, tout simplement. Et puis j'ai souvent l'impression que c'est une vision misogyne (oui, même quand c'est une femme qui écrit !).

Mais bon, si c'est ton truc, il y a certainement des sites de fiction où tu pourrais te lâcher – je te laisse chercher...

Coquinement,

K.

16

Greglitt31
À : Kika93
21 h 51

Kika,

Je te présente toutes mes excuses.

Comme tu as pu le voir, ce sont mes premiers pas en écriture, disons, érotique. Je te rassure, je ne crois pas que je fantasme particulièrement sur la violence. J'ai dû me laisser emporter par l'ambiance, le côté cape et épée.

Je ne voulais pas te choquer. J'espère que tu me pardonnes si c'est le cas...

Encore pardon,
G.

17

Kika93
22 h 12

Cher Greg,

Excuses acceptées. Franchement, aucun problème : ça arrive de ne pas proposer à l'autre ce qu'il ou elle attend, voire quelque chose qui lui déplaît. Tant qu'on parvient à communiquer, à ne pas se sentir trop coupable ou ridicule ; tant qu'on ne se reproche pas d'avoir osé ; tant qu'on écoute les réactions de l'autre, c'est le début d'une aventure, d'une exploration. Non ?

En parlant d'exploration... Je t'avoue quand même une légère déception. Parce que ton premier texte me laisse sur ma faim. J'avais comme une envie. Une envie qui me démange depuis un certain temps. Un pacte sur lequel je fantasme.

Quelqu'un (quelqu'une) qui n'écrirait que pour moi. Qui me réserverait ses mots. Une correspondance exclusive – sexclusive, même. Tu vois le truc ?

Ça pourrait peut-être aller plus loin un jour. Je t'imaginerais bien me lire des textes érotiques. Je m'imaginerais bien les écouter, les yeux bandés, immobile. Sans vêtements, bien sûr. Entièrement à ta merci.

Bon, si le BDSM te branche à ce point, tu peux m'imaginer avec les mains attachées, je suppose. Mais revenons à *mon* fantasme. Sans fouet ni violence ni rien du tout – juste un peu de passivité. De lascivité.

Te contenterais-tu de lire ? Ou ton regard s'attarderait-il un instant sur ma peau, remonterait-il le long de mes jambes, se poserait-il sur mon cul ? Le ferait-il, til til til, ça me titille...

Saurais-tu t'arrêter là ? Ou bien voudrais-tu sentir mon odeur – juste mon odeur, promis, approcher ton nez de mon ventre, de mes hanches...

Est-ce que tes lèvres se poseraient sur moi, comme si tu ne pouvais plus te retenir ?

Alors, je te dirais : *Arrête, je veux mon histoire...*

Tu vois, je ne suis pas facile à satisfaire.

(Au moment même où je t'écris ça, ma main a plongé vers mon bas-ventre, ce n'est pas pratique pour taper sur le clavier mais c'est agréable.)

J'espère que tu ne trouves pas ça trop osé, ni au contraire trop soft, ridicule. Mais tu vois, déjà, dans ces échanges, je me donne à toi. Je m'offre. On ne risque rien, n'est-ce pas ? On ne fait qu'échanger des mots.

Fais-moi vibrer par tes mots, G. Je n'attends que ça.

Mais peut-être que tu as mieux à faire que m'écrire ? Un rendez-vous ? Une soirée coquine ? Même dans ce cas, tu peux tout me raconter, tu sais. J'ai très envie de te croire.

En attendant, si tu me permets, je vais aller me coucher, et me raconter en solo la suite des aventures de ta pauvre héroïne aux mains des trois brigands.

Tu veux mon avis ? Je crois qu'elle a réussi à se défaire d'eux. Elle devait cacher un poignard dans sa botte – ou entre ses jambes, qui sait. Elle a planté la lame dans le ventre du garde de gauche, celui qui bandait, qui ne se méfiait plus ; et elle lui a arraché son épée pour embrocher l'autre soldat.

Du corps de ce dernier, elle a fait un rempart pour se protéger du baron et de son fouet – mais il a réussi à lui enrouler la lanière autour du cou, à la faire tomber, et un instant elle s'est crue perdue ; elle était allongée par terre, le poids de l'homme sur son ventre, en pleine bataille... mais elle a saisi son sexe et le lui a coupé net, avec une dague tranchante comme un rasoir qu'elle gardait cachée.

Je sais, ça fait beaucoup de lames cachées, mais je la sens comme ça, Chloé. Pleine de ressources.

Sauf que, du coup, après ce massacre, elle est un peu frustrée. Elle a perdu l'homme qu'elle aimait en secret, et avec lui tout espoir de jouir...

Comme moi, je l'avoue – je n'arrive décidément pas à me toucher tout en t'écrivant. Tu vois pourquoi j'ai besoin de te lire ?

Peut-être qu'elle s'est caressée au-dessus du corps du baron vaincu, sous la lune qui éclairait le donjon. En tout cas, c'est ce que j'aurais fait à sa place.

Bref, j'espère que tu me raconteras la suite, celle qui te plaira.

Au plaisir de te lire – je vais me plonger entre mes draps et penser à tout ça.

K.

18

Wikipédia : Histoire d'O *est un roman français signé par Pauline Réage (pseudonyme de Dominique Aury, née Anne Desclos) publié en 1954 aux Éditions Pauvert et ayant reçu le prix des Deux Magots l'année suivante.*

Le roman s'ouvre au moment où une jeune femme appelée O, libre et indépendante (libre sexuellement, pour les années 1950), est emmenée en taxi par son amant René dans un château, situé à Roissy, où l'on « dresse » les femmes. Elle y devient esclave, de son plein gré.

Hein ?

Dresser les femmes ?

Esclave de son plein gré ?

Je passe sur quelques liens. Certains d'entre eux, comme l'adjectif « érotique » dans « roman érotique », renvoient même des images en pop-up.

Malheureusement – ou heureusement ? – pas de photo pour le lien qui envoie vers « piercing génital féminin ». Je n'ose pas cliquer dessus – même dans une navigation sur Wikipédia, l'attention de mon père peut être attirée par des titres chelous.

Espérons qu'il ne reconnaîtra pas le nom de l'autrice.

Dominique Aury (Anne Cécile Desclos, dite Dominique Aury alias Pauline Réage, femme de lettres française).

C'est au cours de son adolescence qu'elle apprivoise son ambivalence sexuelle. L'adolescente brune est fascinée par les jeunes filles, moins en elles-mêmes que par quelques traits propres à certaines supposés les rendre attirantes aux yeux des hommes. À quinze ans, à la rentrée 1923, il lui est interdit de jamais revoir son premier amour, une Jacqueline chez laquelle les parents ont intercepté leur correspondance érotique mais dix ans plus tard sa relation avec ce personnage, qui sera mis en scène dans Histoire d'O, *n'aura pas été rompue, prenant une tournure apparemment échangiste. Curieuse de l'anatomie masculine, elle conservera un souvenir de crudité mécanique et de dégoût de la première démonstration que le cousin d'une complice de son père lui offre dans un hôtel de passe.*

Ambivalence sexuelle. Correspondance érotique. Échangiste. Anatomie. Démonstration. Hôtel de passe.

Rien que ces mots – quelque chose me chatouille dans la poitrine, descend vers mon bas-ventre.

Dingue.

De quoi d'autre parlait Kika ? Gor ?

Wikipédia, Chroniques de Gor : Gor, surnommée l'anti-Terre, est un monde parallèle, décrit dans les Chroniques de Gor *par John Norman, tout au long d'une saga qui comprend près de 30 romans où se mêlent des thèmes relevant de la philosophie, de l'érotisme et de la science-fiction.*

Espérons que mes parents ne connaissent pas, et croiront que c'est juste une épopée d'heroïc fantasy comme une autre.

Car, dans l'article :

Confusion avec le BDSM classique

L'aspect volontairement machiste du cycle de Gor a provoqué la censure du cycle par les féministes, lors des années 1980-90 et qui par opposition a suscité l'intérêt de certaines communautés BDSM. Depuis quelques années, une culture de Gor ou pseudo-goréenne est véhiculée par des sites et des salons de discussion sur Internet à travers des jeux de rôle à caractère BDSM où l'on pratique une soumission virtuelle, sur Second Life par exemple. Les adeptes de cette « philosophie » se désignent eux-mêmes comme goréens.

Certains aspects de l'esclavage goréen décrits dans les livres de la chronique de Gor – tels que la posture d'attente à genoux dite Nadu, ainsi que les autres postures de soumission…

Le pointeur de ma souris hésite au-dessus du mot « BDSM », prêt à cliquer sur le lien.

Quand, soudain, on frappe à ma porte. Je bondis. Double saut périlleux sur le lit – je me hâte de planquer l'ordinateur portable sous mon oreiller.

– Greg ? Tu as fini tes devoirs ? On peut couper la wifi ?

– Oui, Maman. Je dors.

– Bonne nuit.

– Bonne nuit…

Comme si j'allais pouvoir m'endormir avec ce que je viens de lire…

19

Je me couche agité.

Je m'agite couché.

J'essaie de retenir ma main de saisir mon (tout petit) sexe.

Est-ce que je suis « branché BDSM », comme l'écrit Kika ? Dans ma grande naïveté, je ne me suis jamais vraiment posé la question. OK, les photos de cuir, de masques, de corps de femmes moulés dans des combinaisons noires – comme on en voit à peu près partout, même pour vendre une voiture – me font souvent réagir. Réagir malgré moi, en fait, comme s'ils s'adressaient directement à mon cerveau d'en bas.

Mais bon, ma mère est claire là-dessus : c'est une « image dégradante du corps de la femme utilisée à des fins commerciales ». Ah, et aussi une « banalisation de la violence » et « une intériorisation des rapports de domination liés au patriarcat ».

Bref, un truc qui ne DOIT PAS faire bander.

D'un autre côté, Wiki le dit bien de l'autrice d'*Histoire d'O : Dominique Aury / Pauline Réage expliquera aussi s'être avant tout inspirée de fantasmes (non sexuels) qu'elle avait eus enfant.*

Paie tes rêves d'enfant.

En vrai, petit, j'avais, je crois, ce genre d'images bizarres qui me traversaient la tête. Des pierres humides. Des grilles. Des flambeaux. Des gens emprisonnés, contraints à faire des choses répugnantes dont je n'imaginais pas bien la nature.

Je repense aux mots de l'article « Gor » – qu'est-ce que « *la posture d'attente à genoux dite Nadu* » ? Et « *les autres postures de soumission…* » ?

Mon sexe palpite sous mes doigts. J'y vais doucement, le frotte contre les draps, pas trop vite pour ne pas l'irriter, pas trop lentement pour que la brûlure ne s'éteigne pas…

Est-ce que je suis un grand malade ? Un gros pervers ? Pas étonnant que j'aime l'heroïc fantasy, que j'en écrive. Pas étonnant que Max Egrogire ait dérapé. Au fond, ce qui m'attire le plus dans Donjons et Dragons, c'est peut-être le côté donjon ?

« J'ai souvent l'impression que c'est une vision misogyne (oui, même quand c'est une femme qui écrit !). »

Sacrée Kika. Là encore, elle a peut-être raison. Est-ce que je suis misogyne ?

Parce que, quand je pense à des filles du lycée ou à Camille Boudou, quand je me raconte des histoires avec elles… elles ne sont pas vraiment consentantes. Ce n'est pas que je les force, mais elles sont naïves, innocentes, elles ne savent pas ce qui les attend ; je me les représente surprises, peut-être intriguées, et un peu dégoûtées d'abord. À genoux, souvent – déjà, parce que ça me permet de mieux mater leurs seins (alors qu'en quatrième, Camille Boudou faisait une tête de plus que moi, j'avais le nez en face de ses boobs, encore une autre raison pour ne jamais oser la regarder en face ni l'aborder) – et elles regardent mon sexe avec une certaine appréhension mais…

Ma main s'agite frénétiquement de bas en haut sur ma queue, il faut que j'arrête ça, je n'ai même pas de mouchoir sous la main, je vais finir avec les doigts et les draps tout collants.

Respiration. On s'arrête.

D'un autre côté, je déteste la violence. Personnellement, je suis plutôt douillet – et si je pousse la réflexion jusqu'au bout, dans la *réalité*, l'idée de contraindre quelqu'un à quoi que ce soit me rend carrément malade.

Mais… comment une fille voudrait-elle de moi ? Est-ce qu'une fille peut vraiment désirer un garçon ? Et, pour aller jusqu'au bout, me désirer moi, avec mon corps mollasson et mon sexe ridicule ?

Sérieux, je ne suis pas normal. Mais est-ce que le sexe, c'est *normal* ?

Je rallume la petite lampe, ouvre le tiroir de ma table de chevet. Prends le paquet de kleenex et la bouteille d'eau (quelques gouttes sur la main après l'acte, pour ne pas avoir les doigts collants – c'est tout un art de ne pas en verser partout dans le lit dans le noir).

Tente de faire taire les voix qui me disent que c'est mal, horriblement mâle, que je suis anormal.

Me raconte la suite de l'histoire où Camille Boudou tend vers mon sexe trop petit une main hésitante.

Non. Pourquoi hésitante ? Imaginons un instant qu'elle ait vraiment envie de moi…

Cette fois, quand je ferme les yeux, elle sourit, l'air assuré.

VENDREDI

20

– Tu es sûr, Greg ? Je sais que c'est douloureux, mais là, ça va quand même faire deux jours d'absence, c'est pas rien.

– Je sais, Papa, je te jure que je préférerais aller au lycée.

J'arrive à sortir ça sans rougir ni détourner le regard. Je suis prêt pour une grande carrière d'acteur. Hollywood, me voici.

Avec une grimace, je continue :

– Sauf que quand je marche, ça va vraiment pas... De toute façon, c'est vendredi, on n'a que quatre heures de cours, je rattraperai ça ce soir.

Papa hoche la tête gravement.

– OK. Est-ce que tu veux que je te prenne un rendez-vous chez le docteur, alors ?

– Peut-être qu'on peut attendre demain ? J'ai l'impression que ça va un peu mieux.

Il me regarde, partagé entre inquiétude et soulagement.

– C'est comme tu veux. Euh, Greg…

– Quoi, Papa ?

– S'il y avait un problème, tu me le dirais, hein ?

– Quel genre de problème ?

Son regard est un peu embarrassé.

– Je ne sais pas… Au lycée ? Est-ce que, par exemple, tu n'aurais plus envie d'y aller pour une raison ou pour une autre ? Je sais que tu souffres, hein, je ne remets pas ça en doute, mais comment dire… Il y a peut-être des choses qui te poussent à davantage écouter cette douleur en ce moment, non ?

Ça me met en colère. Non, mais le culot de ce type ! Prétendre que je lui mens carrément, que mon épididymite n'est pas réelle, que je fais juste semblant pour ne plus aller en cours…

Alors, d'accord, c'est pas entièrement faux. On pourrait même dire que c'est carrément vrai. Mais elle est où, la confiance, là ?

OK, j'ai décidé de ne plus jamais retourner au lycée – je ne veux plus voir Antoine, plus entendre les rires des autres, plus voir leurs grimaces de loin, plus fréquenter personne – et même, peut-être, de ne plus jamais sortir de l'appartement, de ma chambre. Néanmoins, je n'invente rien : j'ai vraiment mal au ventre.

Un peu (même si c'est peut-être parce que je me suis caressé cinq ou six fois cette nuit – pas ma faute, je n'arrivais pas à m'endormir).

Mais ce n'est plus à cause de ça que je veux rester ici. Tout ce qui m'intéresse, désormais, c'est Kika93. Nos discussions. Je veux tout savoir d'elle, et lui raconter les aventures de Chloé. Elle a l'air douée, elle aussi, pour imaginer des scénarios…

– Dis, Papa, ça t'embête si on laisse la wifi allumée aujourd'hui ? Comme ça je pourrais me connecter à l'ENT et faire des recherches.

Il grimace un peu, mais peut-il vraiment dire non ?

Apparemment, oui.

– Jusqu'à midi, ça va ? Je n'aime pas trop l'idée que tu restes en ligne trop longtemps, je ne suis pas sûr que ça te fasse du bien.

– Pas de problème. Merci, Papa. Et bonne journée !

La porte se referme derrière lui quelques minutes plus tard. Me voilà libre.

Je m'installe à mon ordinateur.

21

Greglitt31
11 h 47

Hello, Kika,

Dsl, je n'ai pas pu rester en ligne hier soir. Je ne te dirai pas pourquoi, je te laisse imaginer. Et, tu peux te lâcher, car la vérité, je t'assure, était encore plus folle que ton imagination la plus délirante. Je suis comme ça…

J'aime bien ce que tu proposes comme fin de l'épisode ; Chloé Rembrandt pourrait être notre héroïne à tous les deux, si ça te dit. Et si tu as d'autres idées de scénario, n'hésite pas à me les confier.

En attendant, je t'ai écrit ça.

Récit : Chloé Rembrandt et le couple de feu, partie 1

Chloé Rembrandt n'en croyait pas ses yeux. Elle avait vu souvent des hommes gémir de plaisir, cracher leur semence, puis se rhabiller, mi-soulagés mi-honteux. Elle avait lu la lueur glauque du désir dans leurs yeux, sous leurs paupières lourdes, et leur rictus mauvais quand ils forçaient une pauvre pucelle ; leur rire gras et laid quand ils se soulageaient enfin. Toujours, dans ces moments, elle rêvait de leur passer son épée au travers du corps – et elle l'avait fait, parfois. Ils mouraient dans un spasme surpris, et elle se disait qu'elle les avait pénétrés avec autant de violence et de mauvaise jouissance qu'eux l'instant d'avant.

Mais elle n'avait jamais vu une femme prendre du plaisir.

La jeune fille était grande, avec des seins lourds et des fesses pleines ; ses longs cheveux blonds battaient librement sur ses épaules pendant que le palefrenier, à genoux dans la paille, la besognait par-derrière. La queue du garçon paraissait presque aussi grosse que celles des chevaux dont il avait la charge ; elle entrait et sortait du sexe rose qui semblait tenter de la retenir entre ses lèvres gonflées, luisantes d'humidité.

Le cœur de Chloé battait dans sa poitrine, et chaque gémissement arraché à la gorge de la jeune paysanne semblait se répercuter à travers tout son corps.

Car la fille ne poussait pas des plaintes de douleur ni de terreur ; les souffles rauques, presque animaux, qui lui échappaient, étaient sans conteste des râles de plaisir.

Et ses mots…

– Enfonce-toi. Plus loin. Plus fort. C'est bon. Ne t'arrête pas. Je vais jouir.

Pour résister aux assauts du garçon – pour les accueillir, plutôt, pour les devancer – elle s'accrochait d'une main à la porte d'une stalle ; et son autre main, renonçant à chercher l'équilibre, venait de remonter vers son sexe, sur le bouton qui en saillait, écarlate, et qu'elle se mit à frotter frénétiquement entre son majeur et son annulaire ; ses halètements se firent plus courts et saccadés, montant dans les aigus.

La paysanne tourna la tête, dans une posture périlleuse, pour regarder son partenaire qui la montait si bien. Chloé ne pouvait la quitter des yeux : dans son regard, sur ses lèvres tordues par une grimace étrange – et dans chacun de ses mouvements, dans chacun des spasmes qui agitaient son ventre –, elle lisait une joie qu'elle-même n'avait jamais connue ; une jouissance immense, sublime.

Chloé s'en sentit jalouse tout autant que troublée. Oui, elle voulait connaître cette passion, cet abandon ; et pour autant, gênée et honteuse face à ce débordement animal, elle détestait la paysanne. Comme malgré elle, sa main remonta vers son ventre, se faufila sous la ceinture, cherchant son sexe palpitant.

C'est à cet instant précis que la fille de ferme, dont les seins généreux ballottaient librement, posa son regard sur Chloé.

22

Je n'y tiens plus.

Écrire ça, imaginer cette scène, me rend dingue. Le sang cogne dans ma tête et dans tout mon corps. J'ai honte d'écrire ces mots, de penser que je vais les faire lire à une fille ; et en même temps, cette honte, et l'idée justement qu'elle les lise, qu'elle rougisse, qu'elle soit troublée comme moi, m'excite encore plus.

Je tape maladroitement d'une main pendant que, de l'autre, je presse mon sexe dans mon poing. Ça cogne de plus en plus fort à la base de ma verge, et je sens la contraction annonciatrice, le tressaillement dans mon ventre.

Comme je n'ai pas trop envie de me retrouver avec du sperme partout sur le clavier, j'appuie sur « Envoi » et je vais sous la douche pour finir de me masturber.

Good morning, Kika.

23

Kika93
11 h 59

Hello,

C'est un peu court, jeune homme ! ☺

Bravo pour l'histoire, j'avoue que ça me branche bien, et je m'imagine très bien la situation. Et c'est plutôt bien écrit, je trouve. Mais franchement, j'ai à peine le temps de m'exciter, moi…

Non, là, il m'en faut plus.

J'attends la suite avec impatience. Lâche-toi !

24

Kika93
17 h 30

Pardon,
Je t'ai vexé·e ?
(parce qu'en fait, tu ne m'as toujours pas dit si tu es G ou F…)
Désolé·e si c'est le cas.

25

Greglitt31
19 h 47

Dsl pour le retard, j'ai des soucis de connexion en journée en ce moment. Ne t'inquiète pas si je ne réagis pas immédiatement à tes messages, je les lis et je pense à toi ; je travaille pour toi entre-temps. Et, pour te répondre, chère K. : je suis bien G., pronom il, accord au masculin. À ton service.

Voilà, j'ai un peu développé cette scène, comme tu le souhaitais.

*

Récit : Chloé Rembrandt et le couple de feu, part. 2

C'est à cet instant précis que la fille de ferme, dont les seins généreux ballottaient librement, posa son regard sur Chloé.

Par la fenêtre de la grange, derrière elle, s'étendaient les vertes frondaisons d'une forêt de chênes. Le soleil du soir perçait par les feuillages. C'était l'heure où les bêtes sont rentrées, où les labeurs du jour sont terminés, et où chacun tente de les oublier en se livrant à ses activités préférées.

Pour ces deux-là, visiblement, les activités en question étaient celles de la chair. À en juger par la façon dont le palefrenier s'arc-boutait, son sexe entrant et sortant de celui de la fille, ses bourses fouettant son cul à chaque mouvement, et à en juger par les cris de joie – presque un chant, désormais – qui sortaient des lèvres de sa complice, ils avaient l'habitude de s'accoupler, sur la paille ou ailleurs ; on aurait dit deux partenaires de danse ou d'épée qui se connaissent parfaitement et cherchent chacun à pousser l'autre dans ses retranchements, pour lui faire donner ce qu'il a de meilleur.

L'odeur des arbres dehors, des animaux patients et du foin chaud à l'intérieur se teintait de celle du rut, joyeuse et fantasque ; et cette odeur flottait jusqu'aux narines de Chloé tel un philtre puissant. Sa main avait gagné son sexe et, comme possédée, elle frottait délicatement son bouton, incapable de détourner le regard du spectacle qui s'offrait à elle.

Lorsque les yeux de la paysanne plongèrent dans les siens, sans le moindre embarras, mais au contraire marqués d'une incroyable malice, d'un sans-gêne délicieux, le ventre de Chloé chavira, comme si la chaleur qui montait de son entrejambe rejoignait celle qui, via le regard coquin de la fille, pénétrait en elle par le haut de son corps. Elle entrouvrit la bouche pour aspirer une longue goulée d'air, pareille à une noyée qui remonte à la surface ; et lorsqu'elle vida enfin ses poumons, à sa grande honte, elle s'entendit pousser un gémissement de jouissance.

Les coins des lèvres de la fille se relevèrent en un sourire – un sourire d'invite aguicheur –, et comme si celui-ci n'était pas assez clair, de sa main libre, elle fit signe à Chloé d'approcher.

La jeune spadassine recula d'un pas, comme un cheval qui se cabre. Hors de question qu'elle s'adonne à une telle bestialité ! Mais, déjà, la fille de ferme s'était dégagée de l'étreinte de son vigoureux amant, et se dirigeait de Chloé.

Celle-ci voulut fuir ; pourtant, elle découvrit que ses jambes ne la portaient presque plus. Elle dut s'adosser à l'épaisse poutre de chêne derrière elle, les mains tremblantes, incapable de réagir.

C'est avec une grande douceur que la paysanne s'approcha. Sans même regarder son partenaire, elle lui fit signe d'attendre, de ne surtout pas bouger. Précaution inutile : le jeune homme, conscient du danger que représentait Chloé et la longue épée qui battait à sa cuisse, avait reculé vers le fond de l'écurie.

Sans quitter la jeune aventurière des yeux, la fille de ferme fit un pas de plus dans sa direction, presque à la toucher ; Chloé leva la main, pour se protéger, peut-être, ou pour la gifler. Avec horreur, elle s'aperçut que ses doigts étaient luisants encore de l'humidité qu'ils avaient cueillie sur son propre sexe.

Alors, la paysanne saisit la main levée et, le regard gourmand, la porta à sa bouche, léchant délicatement les doigts maculés. Chloé en demeura interdite, privée de toute volonté propre. La paysanne ferma les yeux comme si elle savourait un nectar inouï ; la jeune aventurière crut défaillir.

La fille de ferme rouvrit des paupières où dardait le désir. Sans un mot, avec des gestes d'une grande délicatesse, elle glissa à son tour sa main sous la ceinture de Chloé, et ses doigts agiles trouvèrent les lèvres, caressant et tournant pour mieux recueillir l'écume ; à nouveau, elle lécha ses phalanges, avant de pousser un long soupir de plaisir.

Chloé pensait avoir perdu la tête. De son ventre, désormais, de longs éclairs montaient, irrépressibles. Elle n'avait jamais connu une sensation aussi forte, et se demandait si elle l'aimait ou la détestait.

Avant qu'elle ait pu répondre à cette question, la main de la fille de ferme replongea vers son bas-ventre ; et dans le même temps, les lèvres pulpeuses de la paysanne se collèrent aux siennes, et sa langue vint fouiller sa bouche, chargée d'une saveur étrange et familière à la fois. Chloé sentit un nouveau gémissement naître de sa gorge, étouffé par le baiser de la fille qui désormais lui caressait les flancs et les seins de sa main libre. Comme malgré elle, Chloé empoigna à son tour la poitrine ronde et laiteuse qui battait contre son bras ; elle saisit un mamelon entre le pouce et l'index, et tourna doucement. Cela parut suffire à arracher un cri d'extase à la fermière, qui leva les yeux au ciel, pantelante, et recula d'un pas ; à nouveau, elle plongea son regard dans celui de Chloé, un regard où se lisait une fièvre croissante. Puis elle se tourna vers le garçon d'écurie.

Celui-ci, assis sur une meule de foin, caressait son impressionnante érection, son sexe rose tendu comme une arme ; ses cuisses tremblaient et il semblait sur le point de jouir, fasciné par le spectacle des deux amantes. La fille de ferme émit un claquement de langue impérieux, qui fit se retourner les bêtes dans leur râtelier ; et, d'un geste de la main, l'invita à s'approcher son tour.

– Non… souffla Chloé.

Elle le savait : si cet homme posait sa main sur elle, elle devrait le tuer.

*

Voilà pour aujourd'hui, chère K. ; un peu plus de 5 000 signes, j'espère que ça te suffira, et que tu ne seras pas trop frustrée cette fois.

Si c'est le cas, toutefois, j'essaierai de me rattraper ce week-end, où j'ai un peu plus de temps.

Bonne soirée,

G.

26

« *Bonne soirée, G* »

C'est classe, je trouve. Genre le type au calme, qui ne s'excite pas. La maîtrise.

En vrai, je n'ai pas arrêté de bander en écrivant. Et j'ai écrit à peu près toute la journée.

Et quand je n'écrivais pas, je lisais. Parce que, évidemment, je n'invente pas tout ça. Il y a plein de détails qui ne me seraient pas venus à l'esprit, des mots que je ne connaissais pas utilisés dans ce sens... Ce matin, après le départ de mes parents, j'ai pris mon courage à deux mains et j'ai téléchargé pas mal de contenu depuis la catégorie « adulte » d'un site de fan fiction. J'ai dû cliquer une fois sur un « contenu adulte, je certifie que j'ai plus de 18 ans », puis j'ai copié tout un répertoire – ensuite, j'ai immédiatement effacé l'historique de navigation.

Trois mégas de textes érotiques (ou carrément pornos), bien au chaud dans mon ordinateur. J'en ai lu une bonne dizaine ce matin, avant d'écrire mon premier texte. Je me suis fait un petit dossier avec mes passages préférés – et rien qu'aller fouiller dans ce répertoire, ça me file la trique à chaque fois.

Je dois être un peu influençable.

Bref. Ce qui compte, c'est que j'ai une lectrice. Quelqu'un qui réagit à mes textes. J'ai trouvé quelqu'un comme moi. Quelqu'un qui aime ce qui se passe dans ma tête.

Je ne suis plus tout seul, enfermé dans mon imagination bizarre. Même si celle-ci s'est drôlement développée et précisée en quelques heures...

Je passe à la douche. L'eau froide me fait du bien, me sort de l'univers que je viens de décrire.

Ça tombe à pic. Il est bientôt 20 h 30, heure à laquelle mes chers parents estiment que je dois avoir fini d'utiliser Internet pour mes devoirs et qu'il est temps pour moi de les rejoindre au salon, où nous dînerons devant un film. Le choix du film en question, « le film du vendredi en famille », est toujours l'objet de longs débats.

– J'ai pensé au *Bossu,* de André Hunebelle, propose Papa. Film de cape et d'épée, combats, humour, jeune premier et héroïne rougissante, un classique Et des couleurs splendides.

Il a un côté joueur de poker : il commence toujours par un bluff, en proposant un film qui ne l'intéresse pas vraiment, pour amener peu à peu celui auquel il pense.

– C'est un navet, répond Maman. Enfin, peut-être pas un navet, mais le « cinéma à la française » des années 1960, merci, très peu pour moi. Je suis sûre que ça n'intéressera pas Greg.

Je ne réponds rien, je me contente de secouer la tête dans un geste qui pourrait vouloir dire n'importe quoi. Ce n'est pas le moment de leur avouer que la thématique qu'ils ont choisie ce soir fait étrangement écho à l'histoire que je suis en train d'écrire.

Maman contre-attaque :

– En revanche, si on part sur le genre « films de cape et d'épée », je pense à *La Fille de d'Artagnan,* de Bertrand Tavernier. Une relecture jouissive et enthousiaste des romans d'Alexandre Dumas. Greg, tu en dis quoi ?

« Jouissive et enthousiaste ». Ma mère est capable de sortir ce genre de phrases pour parler d'un film. Pas étonnant que, parfois, j'aie un peu trop de vocabulaire à mon goût.

– Tant qu'à y être, pourquoi ne pas carrément regarder *Les Aventures érotiques des trois mousquetaires ?*

Bien entendu, je ne dis pas ça à haute voix. Je me contente d'incliner la tête avec une moue qui ne dit ni oui ni non – je sais que peu importe ce que je réponds, ils finiront par tomber d'accord pour m'imposer un film.

Qui sera peut-être bien, d'ailleurs, ce n'est pas le problème. Mais si j'ai le malheur de leur dire que j'ai envie de regarder l'avant-dernier *Fast and Furious* (on a tous nos péchés mignons), une nouvelle série ou une chaîne YouTube, j'en ai pour deux heures à écouter leur argumentation m'expliquant que, *bien sûr,* ils respectent mes goûts et mes choix, mais que, là-dessus, je me trompe juste du tout au tout ; que *les séries dilatent le temps à l'infini au mépris de la trame narrative* et qu'ils connaissent un film qui justement parle du même thème, bien plus intéressant, et que...

Je les laisse faire. Voilà ce que c'est d'être fils unique d'un couple de psys passionnés de cinéma : on apprend à hocher la tête, sans approuver ni contredire. Une neutralité bienveillante à leurs débats incessants, l'acceptation de leurs habitudes, ancrées dans de sains principes : être à l'écoute de l'enfant (c'est-à-dire me poser des questions en rafale, même s'ils se fichent de la réponse), lui proposer des structures solides sur lesquelles fonder son caractère (donc, m'interdire l'Internet « pour développer mon imaginaire » et m'imposer des soirées télé « pour me faire une culture »), ne jamais rien lui imposer (à part, donc, leur présence, leurs exigences permanentes, sans parler du contrôle parental sur mes navigations Internet...).

OK, je suis un peu soumis. Mais il faut dire qu'ils m'ont eu à l'usure. Et quand je tente de me plaindre de cette trop grande ingérence, mon père part sur son célèbre refrain, *On est désolés, on s'inquiète trop pour toi, mais l'inquiétude est le lot des parents* ; ou ma mère se met à broder sur la thématique *C'est parce que tu es fils unique, bien sûr, on voulait te faire un petit frère ou une petite sœur mais la vie en a décidé autrement, tu sais souvent je pense à adopter, mais...*

Je me suis familiarisé très tôt avec les névroses de mes parents – et avec le fait que ça s'appelle des « névroses », en tout cas dans leur vocabulaire à eux. Moi, j'aurais plutôt dit qu'ils me les hachent menu, même si je les adore. Mais bien entendu, là aussi, je dois me méfier du lexique que j'emploie...

– Dis voir, Grégoire, ton problème d'épididymite...

– Maman, je t'ai pas dit que je préférais qu'on n'en parle plus ?

– Je sais, mais, pardonne-moi : ce n'est pas une façon de dire, de montrer en somatisant, que quelque chose *te les brise* ? Je veux dire... nous, peut-être ? Ou quelque chose au collège ?

Elle m'a sorti ça au début de ma deuxième crise, l'année dernière. Encore une discussion à laquelle j'aurais préféré échapper.

Pas étonnant que, de façon générale, je n'intervienne pas quand ils choisissent un film – pour peu que je les contredise, ils seraient capables de me psychanalyser sur le pouce, là, entre le dessert et le générique. Ils parlent trop. Tellement trop.

Ils ne se taisent jamais. Ça doit être parce qu'ils passent leurs journées à écouter des gens se plaindre – à la maison, il n'y a quasiment aucun temps sans parole. Au moins, quand j'écris, j'ai un peu de silence.

Ils continuent à débattre sur le film du soir.

– Si c'est le film d'action qui nous intéresse, pourquoi ne pas pousser jusqu'au *Signe de Zorro* ? propose mon père.

– Tu parles de l'original de 1920, avec Douglas Fairbanks ? demande ma mère, perfide. Ou du remake de 1974 ? Il y en a eu un en 1940, aussi, je crois...

J'ai l'impression de dîner avec M. et Mme Wikipédia.

– En fait, je pensais plutôt à la version avec Antonio Banderas et Catherine Zeta-Jones. Ils sont tous les deux tellement sexy...

Sexy. Mes parents choisissent des films pour nos soirées familiales en fonction de la *sexytude* des acteurs. Franchement : je sèche le lycée pour écrire des romans de cul à une fille dont je ne sais rien, mais suis-je vraiment à blâmer ? Je ne suis pas responsable, monsieur le juge...

Bien entendu, ma mère ne tombe pas dans le panneau.

– Ah, tu parles du *Masque de Zorro*, alors ?

Papa baisse les yeux, vaincu – mais son sourire dépité ne me trompe pas, je suis sûr qu'il a encore un tour dans son sac. Effectivement lorsque, un quart d'heure plus tard, mes parents tombent d'accord pour louer *Little Big Man* en VOD, je vois s'allumer une lueur de triomphe dans son regard. Je n'en suis pas certain, mais il est possible qu'il ait eu ce film en tête depuis le début de la soirée.

– Le roman est génial, Greg, précise-t-il. D'ailleurs je voulais te l'offrir…

Qu'est-ce que je disais ? Il y avait déjà pensé.

J'avoue, je suis avec pas mal d'intérêt les aventures folles de Jack Crabb, visage pâle devenu apache avant de redevenir cow-boy. Et l'épisode où, en pleine nuit, il décide d'aller coucher avec ses trois épouses indiennes me pousse à me demander si l'ambiance western n'offrirait pas à Chloé Rembrandt – et indirectement à Kika93 – un terrain de jeu intéressant.

Un multivers porno, ça existe ?

Le film terminé, nous allons nous coucher. En hâte, je vérifie mon mail, profitant des dernières secondes avant que la box ne s'éteigne – Papa a pris la peine de programmer les horaires de la wifi pour ne pas que nous soyons « envahis d'ondes même pendant notre sommeil » ; mais aucune réponse à mon dernier message.

Je suis un peu déçu, évidemment. Tant pis : ça va me laisser toute la nuit pour réfléchir à la suite de ma scène dans la grange – même si je ne suis pas certain de connaître la différence entre une grange et une écurie, un palefrenier et un garçon de ferme… De toute façon, ma lectrice ne vérifiera sans doute pas.

– Bonne nuit, Grégoire, souffle mon père en passant devant la porte.

– Tu n'éteins pas trop tard ? ajoute ma mère.

Je réponds un « non » qui veut dire « j'ai pas entendu » et, dans l'obscurité, je me remets à taper mon histoire.

SAMEDI

27

Chloé Rembrandt et le couple de feu, part. 3

La jeune paysanne invita son compagnon à s'approcher à son tour.

Chloé recula, ses mains en protection devant son corps malgré le feu qui la dévorait intérieurement. Elle ne pouvait quitter des yeux le sexe long et rose qui s'approchait d'elle, le bas-ventre lisse du garçon de ferme ; celui-ci ne cessait de frotter son membre, passant le pouce sur son gland comme pour compter des écus – pour se maintenir en forme, supposa la jeune aventurière, ou bien pour accompagner par des sensations le spectacle des deux femmes qui s'embrassaient et se caressaient sous ses yeux.

– N'aie pas peur, souffla la fermière. Il ne te fera pas de mal. Au contraire…

Et, comme s'il s'agissait d'un jeu qu'ils pratiquaient souvent, elle fit comprendre au garçon, d'un seul signe de la main, qu'il devait se mettre à genoux. Celui-ci parcourut le dernier mètre qui le séparait de Chloé à quatre pattes dans la paille, sa bouche au niveau du sexe de la jeune femme.

– Regarde, souffla la paysanne. C'est une brave bête. Laisse-le jouer avec ton petit bonbon.

Dans le même temps, elle se plaqua contre le flanc de Chloé, sans cesser de la toucher et de parcourir de sa langue son visage et son cou. Lorsque le garçon avança la bouche à son tour, elle fit glisser ses doigts pour mieux offrir à ses baisers le sexe trempé de Chloé.

– Lèche bien, mon Tristan, fit la jeune fermière. Et ne m'oublie pas...

Sa main s'était posée sur la nuque du garçon, qu'elle guidait tour à tour vers Chloé et vers elle ; il leur arrachait, l'une après l'autre, des soupirs de plaisir qui devenaient de plus en plus forts, se transformant en râles, puis en cris. Chloé n'avait jamais ressenti d'émotion aussi puissante dans le bas de son ventre, et dans l'ensemble de son corps ; elle avait l'impression d'être un ciel d'orage, chargé et noir, juste avant que la foudre ne frappe.

Mais le garçon se releva soudain – il devait avoir mal aux articulations, sur ce sol grossier ; ou bien il n'y tenait plus. Il colla son corps à celui de la jeune aventurière. À nouveau, celle-ci eut un mouvement de recul.

– Doucement, espèce de grosse bête, murmura sa compagne. Tu vois bien que c'est une jeune fille de la haute, il faut la traiter mieux que ça.

Elle s'agenouilla à son tour et, comme lui quelques instants plus tôt, se mit à lécher l'un après l'autre les deux sexes qui se présentaient à elle. Parfois, elle guidait celui de l'homme contre le ventre de Chloé, où il déposait une chaude humidité ; parfois, tout en suçant le membre généreux, elle laissait ses doigts pénétrer dans l'intimité de Chloé.

Au-dessus d'elle, le garçon semblait ne pas trop savoir quoi faire ; ses yeux dévoraient les lèvres de Chloé, mais il n'osait passer à l'acte, comme de peur d'être châtié. Il avait pourtant des traits plutôt fins, avenants, et un sourire timide qui ne déplaisait pas à la jeune aventurière ; quelque chose dans son regard lui rappelait Max Egrogire. Ou bien c'était simplement qu'elle ne pensait, encore et toujours, qu'à son ancien mentor.

L'image de l'homme qui avait donné sa vie pour elle s'imposa, et elle eut l'impression de s'absenter de la scène ; la foudre reflua en elle, s'amenuisant au point de disparaître ; l'odeur de crottin et d'animaux lui devint soudain insupportable.

– Laissez-moi… murmura-t-elle.

Mais la bouche précise et gourmande de la jeune paysanne revint la butiner, et le garçon, s'enhardissant, déposa un baiser léger dans son cou. À nouveau, Chloé Rembrandt se sentit basculer dans le plaisir et la luxure.

– Qu'on te laisse ? murmura la voix moqueuse de la paysanne entre ses cuisses. Tu es sûre, mon bel oiseau ?

Et, comme Chloé hésitait, elle ajouta :

– Tourne-toi, si tu veux, qu'on voie mieux ton mignon petit cul…

28

– Grégoire ? Tu as vu l'heure qu'il est ? Pardon, mais on t'entend taper à l'ordinateur depuis notre chambre, c'est insupportable. Tu veux bien arrêter ? Tu finiras demain.

– Désolé, mon Greg, ajoute la voix de Papa. Maman a raison, ça nous empêche de dormir. Tu ne préfères pas écrire à la main, sinon ?

Je les entends échanger quelques mots à voix basse, *il faut qu'il dorme* et *laisse-le faire.* Moi, une main sur le clavier, l'autre qui presse mon sexe, je suis pétrifié, priant la déesse de la littérature érotique de *ne surtout pas* laisser entrer mes parents dans ma chambre.

– Pardon, j'avais pas vu l'heure. Je vais dormir, bonne nuit !

Je suis limite essoufflé tellement j'étais parti dans mon truc. J'espère qu'ils ne le remarquent pas. En tout cas, fini pour ce soir, l'écriture. J'enverrai ce nouveau passage à

Kika demain matin, au moment où je me connecterai pour avancer sur mes devoirs.

Parce que je n'ai pas seulement envie d'écrire la suite des aventures de Chloé Rembrandt : je veux qu'elle les lise.

Et il me tarde de recevoir ses réponses.

DIMANCHE

29

Elle ne m'a pas écrit.

J'ai relu les deux derniers épisodes de *Chloé Rembrandt*. Y a-t-il des trucs choquants ? Ou ridicules ? Ou juste mauvais ?

Sans doute. Certainement. Apparemment, quand j'écris les aventures de mon héroïne, je me laisse transporter aussi loin que dans ma série précédente, celle qui n'était *que* de cape et d'épée.

Est-ce que je ferais mieux de me remettre à ça, de retourner sur le site plumedange ? Peut-être. Mais zéro envie.

Au cours du week-end, je suis retourné fouiller l'assortiment de récits érotiques où je puise mon inspiration. Si ce n'était la question du contrôle parental, je pense que je pourrais poster les *Chloé* sur le forum où je les ai trouvés. Il me semble que je suis au niveau – on trouve des trucs franchement mal écrits, pour être honnête.

« Sa langue glisse entre mes lèvres, s'attarde sur mon capuchon clitoridien, repasse à l'entrée de ma grotte à plaisir pour finir sur mon petit trou. C'est vraiment divin. Elle introduit deux doigts dans ma chatte et un dans mon anus tout en stimulant mon clito de manière linguale. »

Capuchon clitoridien. Ça se dit, ça ? Et grotte à plaisir ? et « de manière linguale » ? Pourquoi pas « lingualement », tant qu'à y être ? OK, ça m'excite. Mais c'est quand même pourri comme choix de mots. En plus, ce texte-là donne l'impression d'être carrément mécanique, les personnages enchaînent les actions, et je te suce et tu me branles et on se retourne et on recommence... Une liste machinale d'actions prévisibles, voilà ce que c'est. Érection ou pas, j'ai envie de prendre quelqu'un à témoin de mon agacement.

Kika, par exemple. J'aimerais lui envoyer ce passage et le commenter avec elle.

Mais justement : c'est peut-être ce qu'elle ressent par rapport à mes propres textes ? Elle ne me répond pas parce que ce que je fais est trop cliché et/ou qu'elle est habituée à un meilleur style ? Bref, je ne lui suffis pas ? Je ne lui fais *rien* ?

J'ai un sexe minuscule et je suis incapable d'écrire un bon texte de cul. Ma vie est foutue.

– Comment tu te sens, Grégoire ? me demande ma mère après le dîner.

– Ça va, lui réponds-je en ne mentant qu'à quatre cent pour cent.

Avec des parents psys – avec des parents tout court, je suppose –, un seul mot d'ordre : ça va *toujours*.

Mais ma mère sourit.

Et soudain je réalise mon erreur. Elle ne me parle pas de mon état d'esprit, ne cherche pas à savoir pourquoi je fais la tête depuis hier, pourquoi je passe autant de temps sur mon ordinateur sans même jouer la moindre petite *game* de Fortnite. Elle se fiche que son fils soit un futur écrivain raté et un futur amant pitoyable. Elle veut juste savoir…

– … si tu te sens assez bien pour aller au lycée demain ?

Je grimace. Il va falloir la jouer hyper-fine, invoquer une douleur fulgurante aux testicules en début d'après-midi, qui-est-passée-maintenant-mais-pourrait-me-reprendre à n'importe quel moment ; mentionner éventuellement une légère fièvre ou un mal de tête et, conclure que je réserve mon pronostic pour demain matin – en général, le lundi, ils commencent tôt tous les deux, et comme ils sont souvent en retard, je peux espérer jouer la montre et gagner un jour de plus, voire deux.

Mais c'est compter sans Papa.

– Écoute, demain, j'ai une consultation à l'hôpital en milieu de matinée ; si tu as encore mal, je t'emmène, et on te fera voir là-bas. J'ai un copain qui…

Mon père travaille la moitié du temps en milieu hospitalier ; ce qui signifie qu'il a toujours un « copain qui » – depuis ma première crise d'épididymite, la moitié de ses collègues, hommes et femmes, ont dû voir, directement ou en photo, mes parties génitales.

Tiens, je parie que la majorité d'entre eux reconnaîtraient mes bourses plus facilement que mon visage. Les boules, ah ah ah. Pas question de retourner les voir – surtout avec une crise qui, j'avoue, est essentiellement diplomatique et causée par bien autre chose que mes chères bourses.

Je suis coincé. Il ne me reste plus qu'à sortir mon sourire de martyr chrétien et de lâcher d'une voix mourante :

– Ça ira, je pense.

Je me retire là-dessus. Me précipite une nouvelle fois sur mon ordinateur. Mon cœur bat pendant que les messages chargent. Et…

Rien.

Elle ne m'a pas écrit. Trois mails que je lui envoie, trois passages pour nourrir notre correspondance, notre jeu à distance.

Elle s'en fout.

Qu'est-ce que je fais ? Je lui envoie un nouveau mail pour lui demander ce qui se passe ? Je poursuis la scène de Chloé dans l'étable ?

Franchement, je n'ai plus tellement envie d'écrire.

Oh, bien sûr, je peux *imaginer* ce qui arrive à mon héroïne. Visionner ses aventures dans ma tête. Je me dis que son petit plan à trois avec les fermiers sera sans doute interrompu par une arrivée impromptue – logique, parce que, si elle jouit, l'histoire se termine.

Chloé Rembrandt et l'orgasme impossible.

Sans compter que je ne suis pas forcément super au point pour parler du plaisir d'une héroïne féminine. Bon, j'ai lu des trucs. Ça a l'air impressionnant comme sensation, beaucoup plus fort que ce que je ressens moi ; il paraît que ça peut se reproduire plein de fois en suivant, contrairement à moi (parce qu'entre deux séances d'auto-caresses, il faut quand même que je laisse reposer une bonne vingtaine de minutes, au bas mot, sinon ça chatouille trop. Et j'ai même vu passer la mention de « femmes fontaines » qui éjaculent comme – ou plus fort que – les garçons. Mais ça me paraît un truc vraiment difficile à raconter – comme quand H. P. Lovecraft décide que les abominations qui peuplent son imaginaire sont *indicibles*, et qu'il s'économise donc leur description.

Donc : à l'instar des chevaliers de la Table ronde avec le Graal, Chloé Rembrandt peut être en quête de l'orgasme, le voir même, le toucher qui sait, mais elle ne l'obtiendra jamais.

Bref, au moment de passer aux choses sérieuses, il faut absolument qu'un événement vienne mettre un frein à ses ébats avec les deux paysans.

J'en étais où, déjà ? Ah, oui, la fille lui demandait de montrer son cul.

Intéressant, ça. Si Chloé se tourne, elle ne peut pas voir ce qui lui arrive. Du coup, elle ne peut plus vraiment contrôler ce qui se passe et…

Bof.

Quel intérêt, en vrai ? Chloé Rembrandt n'existe vraiment que si Kika est là pour lire ses aventures.

Et elle ne m'a toujours pas répondu.

LUNDI

30

Le retour au lycée se passe mieux que je ne l'avais imaginé.

Les deux premières heures, en tout cas. J'ai allemand LV1, en demi-groupes. Sans Antoine, donc, qui fait anglais. Je ne le croise pas non plus à la pause – aussi bien, il n'est pas là. Aussi bien il est absent, malade du Covid ou d'une IST foudroyante.

D'un éléphantiasis.

Aussi bien il regrette ses blagues pourries de la semaine dernière. Aussi bien il a oublié.

Quel naïf je fais, des fois.

J'entre en classe pour le cours de français de 10 heures, avec Mme Bourg. Coup d'œil circonspect : pas d'Antoine en vue. Je m'installe à ma place habituelle, première table, la chaise à côté de la porte – comme si je voulais pouvoir m'enfuir le premier.

– Hé, salut, Petite-bite ! lâche Antoine en passant devant moi, sac au dos.

La voix est débonnaire. Ses deux lieutenants habituels, Samy et Stevie, l'escortent et passent à leur tour en ricanant.

OK. Je décide que personne n'a entendu – même la meuf à côté de moi, Alysson Quelquechose. Ou si elle a entendu, elle n'a pas compris. Et si elle sourit, c'est qu'elle repense à une blague qu'on lui a sortie ce week-end et qu'elle vient de comprendre. Tiens, j'imagine :

« Qu'est-ce qui a quatre pattes et un bras ? Un pitbull dans un jardin d'enfants. »

Cogitation d'Alysson. « Pourquoi un pitbull ? Pourquoi un jardin d'enfants ? Comment ça, quatre pattes et un bras ? Ça fait trop pour un chien... » Nuit de repos. Matin. Étincelle. « Aaaaaaah oui, le bras c'est celui d'un enfant !!!!!! »

Et sourire en classe. Tellement occupée à déchiffrer l'énigme qu'elle n'a pas entendu le surnom que vient de me balancer Antoine.

C'est ça, hein ? J'en suis sûr.

Petite-bite. C'est flamboyant d'intelligence, de maturité, d'originalité. Non, mais sérieusement, ça a dû donner un truc comme : « Le gars a une petite bite, alors on va le surnommer... Attends, je réfléchis... Alysson, tu m'aides ? Ah non, tu calcules le truc des quatre pattes... Bouge pas, j'ai une idée, si on l'appelait... Petite-bite ? Tu vois le lien ? Le truc trop énorme. La grosse blague. Trop xptdr. »

Franchement, c'est un peu court. Il y avait plein d'autres possibilités, en somme.

Frikiki – un freak avec un tout petit kiki. Zobinul. Pinanmoins. Courtebite. Dickless Greg. Chibrion.

J'aimerais tant que la situation soit inversée – moi, au moins, j'aurais du talent pour me moquer d'Antoine.

Mais non. C'est Petite-bite, et ça le restera, j'en suis certain. Dans toute la classe. Dans tout le lycée. Dans toute ma vie future.

Qu'est-ce que je fous là ?

– Prenez vos manuels, décrète Mme Bourg. Tais-toi, Antoine. Page 221, « Je vis, je meurs », Louise Labé…

– Louise la baise, murmure une voix à peine étouffée vers le fond.

– Antoine, tais-toi, lance Mme Bourg sans même lever la tête. Je lis : *Je vis, je meurs, je me brûle et me noie…*

Je connais déjà ce texte – on l'a fait en cinquième, si j'ai bonne mémoire. Je m'autorise à débrancher un peu. À partir dans mes histoires.

Qu'aurait pensé Louise Labé de Chloé Rembrandt ?

– La vie m'est et trop molle et trop dure…

– Comme ma bite, fuse une voix presque pas reconnaissable.

– Dernière fois, Antoine. *Tout en un coup je sèche et je verdoie…*

Que dois-je faire de mon héroïne sommée de donner ses fesses au petit couple de paysans ? Que penserait ma voisine de table si elle savait ce qui se passe dans ma tête pendant qu'elle dessine un cœur sur le i de « Louise » en mâchonnant son chewing-gum ?

Alysson Trucmuche est-elle un des animaux paissant paisiblement dans l'étable pendant que Chloé Rembrandt se retourne, découvrant des fesses roses et adorablement arrondies ?

Est-il normal d'avoir un début d'érection en cours de français face à Mme Bourg qui n'a pourtant rien pour en inspirer une ?

J'en suis là de mes réflexions – ou plutôt, du gros bordel dans ma tête – quand une boulette de papier atterrit sur la table.

Sérieux ? On est à l'ère du téléphone portable branché en permanence en 4G pendant les cours (à part pour moi, bien sûr, avec mon forfait ridicule et mon respect des consignes) mais on continue à s'envoyer des messages sur des bandelettes de papier roulées en boule ?

Pas la peine de demander d'où elle vient. Antoine et ses deux fans sont des spécialistes du truc, j'ai découvert ça dès mon arrivée en classe. Avec des messages qui circulaient comme « Ne regardez pas tout de suite, il y a des traces de pas au plafond » (j'avoue, j'ai levé la tête), « Si vous avez des problèmes sexuels, souriez » (j'ai souri), ou « Une petite partouze, ça te branche ? Inscris ton nom ci-dessous » (je n'ai pas inscrit mon nom, il n'y avait que ceux d'Antoine et de ses deux abrutis).

Il y a eu aussi un dessin avec « les men-boobs de Cachalot » – chouette caricature, d'ailleurs, avec une silhouette de rugbyman vêtu d'un soutien-gorge. Quand il l'a vue, Dylan s'est retourné vers Antoine, et il a juste froncé les sourcils, haussé les épaules. Le papier est resté sur sa table, ouvert.

Après le cours, dans le couloir, il a pris Antoine par le col et l'a entraîné avec lui sans un mot. Antoine est revenu blanc comme un linge et pas mal décoiffé ; et il n'y a plus jamais eu de dessin de Dylan, ni la moindre remarque en sa présence.

Sauf qu'apparemment, l'épisode a dû frustrer Antoine dans ses talents de dessinateur, parce qu'il remet ça.

Alysson déplie la boulette, la regarde. Vu qu'elle la tient devant elle, je la vois aussi, mais ça ne lui monte sans doute pas au cerveau. Il ne lui faut pas plus d'une ou deux minutes pour lire les quatre cases de la bande dessinée, et à peu près autant pour la comprendre.

Oh, comme c'est drôle. Et fin. Et talentueux.

Le titre ? « Les aventures de Petite-bite ».

Case 1 : Un bonhomme bâton, les bras sur les hanches, penche la tête. Il y a des traits autour de son entrejambe, comme pour exprimer une absence. Bulle (pensée) : « Tiens ? Mais où est ma bite ? »

Case 2 : Le bonhomme se dirige vers une table sur laquelle est posé quelque chose d'assez peu reconnaissable. Heureusement, la légende est là pour nous expliquer : elle dit, en capitales : VITE, AU LABO ! au-dessus du bonhomme. Et, au-dessous, LE MICROSCOPE – sans ponctuation.

La case 3 est encore plus artistique : deux cercles adjacents fort mal tracés – une légende précise d'ailleurs, avec une flèche « vue avec le microscope », pour qu'on comprenne mieux – au milieu desquels est dessinée la forme universelle d'un service trois pièces – tout petit, évidemment. Légende au-dessus : OUF ! ELLE EST BIEN LA !

Sans accent à « là », faut pas rêver.

Uderzo, Crumb, Gotlib, Fabcaro, tenez-vous bien : Antoine vient de révolutionner la BD d'humour.

– Mais c'est pour toi, non ? mâchouille Allyson en fronçant les sourcils. Ah, c'est méchant.

Puis elle se met à rire. À hennir, plutôt.

– *Et en plaisir maints griefs tourments j'endure*, poursuit Mme Bourg, imperméable à ce qui se passe dans sa classe. *Griefs*, ici, n'est pas le substantif, « avoir des griefs contre quelqu'un », mais a une valeur adjectivale, qui est en fait une forme du mot « grave » ; la poétesse endure de nombreux et graves tourments tout en étant dans le plaisir…

Comme moi, quoi – encore que mon érection de tout à l'heure a clairement disparu, désolé.

Je lève la main.

– Madame ?

– Grégoire, tu veux préciser quelque chose ?

– Je peux aller à l'infirmerie ? J'ai mal au ventre.

– T'as tes règles ? lâche une voix au fond de la salle.

Oh, comme c'est raffiné et subtil. Mal au ventre = règles, règles = fille, Grégoire = fille. C'est le degré d'après la petite-biterie : devenir une meuf. La super honte. Le seum. Rho là là que je suis content d'être encore avec des gosses de maternelle homophobes à quinze ans révolus.

– Antoine, encore une réflexion de ce genre et tu vas chez le proviseur.

– Pardon, madame. Mais s'il a mal, il faut qu'il aille se faire examiner… à la loupe !

Je suppose que Mme Bourg ne comprend pas la raison de l'éclat de rire qui retentit dans sa classe. Je m'en fous : j'ai déjà ramassé mes affaires et je suis dans le couloir.

31

Je tremble.

J'ai honte, mais je tremble carrément. Les mains, les pieds, tout. J'ai tellement de mal à tenir le gros bouquin devant moi – une anthologie des histoires d'Elric, de Michael Moorcock – que je finis par le poser à plat sur mes genoux, relevés devant ma poitrine.

– Les pieds sur les banquettes, Grégoire !

La dame du CDI connaît mon prénom – normal, je dois être à peu près le seul élève du lycée à venir ici par plaisir. Je me rassieds plus ou moins correctement. Elle me fiche la paix.

Je n'ai même pas osé aller voir l'infirmière. Qu'est-ce qu'elle m'aurait dit ? Plus grave encore, qu'est-ce que je lui aurais dit ? Je n'ai pas mal au ventre – enfin, pas comme dans « mal aux couilles ». Mais j'ai l'estomac tordu à la simple idée de retourner en classe. De voir les sourires en coin.

J'ai peur de croiser Antoine dans un couloir. Qu'est-ce que je pourrais lui dire ? Je ne suis pas Dylan, je ne peux pas l'entraîner dans un coin et le convaincre diplomatico-physiquement d'arrêter de s'en prendre à moi.

Je pourrais peut-être le moucher, trouver un argument imparable ?

J'imagine en boucle ce qu'il pourra me sortir la prochaine fois, comme un épéiste qui passe en revue les attaques possibles de son adversaire pour trouver une parade. Mais je sais bien que c'est perdu d'avance – trop facile de se moquer, trop compliqué de se défendre.

Ou alors, je pourrais faire appel à sa compassion ? « Antoine, ce que tu dis de moi me blesse profondément, je souhaiterais que tu arrêtes. S'il te plaît. »

Ah ah ah. Encore plus drôle que la blague du pitbull, encore moins crédible que les aventures de Chloé Rembrandt.

Insensible à la douleur d'Elric face à la perte de son épée, je me rejoue en imagination les scènes qui se sont succédé depuis mercredi dernier à la piscine. Les blagues d'Antoine sur la taille de mon sexe, sur mon infirmité. Les caricatures ce matin. Les remarques en cours de français – et Bourg qui n'y fait rien, comme d'habitude.

Je savais que ça me guettait. Qu'il remettrait ça à un moment ou un autre, que le harcèlement reprendrait.

En restant à la maison, j'ai tenté de me raccrocher à quelque chose, à un semblant de lien, à l'espoir que quelqu'un – ma lectrice, une femme – pourrait ne pas se moquer de la taille de mon pénis. Qu'elle pourrait m'accepter malgré ça. Que je pourrais donner le change. Voilà pourquoi j'étais si heureux d'écrire à Kika, si avide de rester dans mon univers.

Le pays des rêves, oui. Des rêves et des romans. Cet univers imaginaire qui semble si important aux yeux de mon père – il m'a toujours encouragé à lire et à écrire – et qui est, je m'en rends compte, complètement illusoire et puéril.

Le bout de chou à son papa. Le petit Greg à sa maman. Grégoire, le garçon sensible et doué pour les mots – voilà comment ils parlent de moi les fois où ils se laissent aller à témoigner un peu de fierté à mon égard.

Mais la réalité m'achève. Et l'humiliation, en plus d'être sans fin, est publique.

Je m'en branle d'être sensible et doux. Je veux une grosse teub. Je veux une queue énorme qui fasse taire les autres quand j'entre dans le vestiaire. Je veux être Rocco Siffredi. Rocco Super Saiyan, même, qui s'assomme quand il bande et que son gland lui cogne en plein milieu du front. Autolobotomie à coups de corps caverneux.

Je ne suis pas allé à l'infirmerie, et je ne vais pas rester au CDI. Je vais m'en aller.

Je franchirai les grilles et je prendrai l'avenue. Au bout de l'avenue, je ne sais pas – je n'irai pas à la maison. Ce n'est plus possible. Je trouverai un bus, ou un train, je ferai du stop. Je trouverai un chemin mal connu qui part de la ville et s'enfonce vers nulle part. Je disparaîtrai.

Je nagerai dans un fleuve sans respirer, tout au fond, parmi les algues et les détritus oubliés là. Les squelettes de voiture dont les poissons font leur caverne, les restes de scooter précipités par des fuyards, les cadavres de frigo et de caddies de supermarché – et le corps immobile de Grégoire, l'homme à la plus petite bite du monde.

Il paraît que l'eau fait gonfler les cadavres des noyés. Ce sera toujours ça de pris.

J'en fais trop, là ?

N'empêche. Je ne peux pas rester comme ça. Je n'en peux plus d'attendre la prochaine blague d'Antoine. Sa prochaine *saillie*, ah ah ah. Si seulement j'arrivais à...

Un mouvement sur ma gauche – quelqu'un s'assied à côté de moi. Un garçon de ma classe. Pas n'importe quel garçon : Stevie, le lieutenant n° 2 de notre mâle alpha. Venu en remettre une couche, je suppose.

C'est dommage, je l'avais toujours trouvé un peu moins débile que les deux autres – mais c'est peut-être pour ça qu'ils l'ont envoyé lui, le seul des trois capable de passer inaperçu au CDI. Le seul à ne pas y être interdit de séjour.

Non, mais ils ne peuvent pas me foutre la paix ? Je me relève déjà pour partir, laissant Elric et ses problèmes sur la table basse – mais il me retient par le bras (Stevie, pas Elric).

– Attends, mec, faut que je t'explique un truc. Tu sais c'est qui, « La tapette » ?

32

Il s'appelle Stevie Hamoush.

Stevie Hamoush, dit – je l'ignorais – « La tapette ».

La tapette Hamoush. Ah ah ah ah ah. Antoine s'est surpassé sur ce coup-là – il a dû en avoir mal à la tête pendant une bonne semaine.

Ça s'est passé en tout début d'année, avant que j'arrive au lycée. Pas à la piscine, cette fois, mais tout de même dans des vestiaires, après la séance foot en EPS.

– J'aime pas le foot. J'aime pas les sports d'équipe. Je ne sais pas jouer, et je ne suis pas très viril. Ça, et puis mon nom... voilà, il m'a baptisé.

Stevie est venu me trouver en tant qu'ancien souffre-douleur de la seconde 7, et en particulier d'Antoine. C'est une forme de passage de témoin, je pense.

Dans toutes les classes que j'ai fréquentées, et peut-être dans chaque groupe humain, il y a celle ou celui que l'on exclut. Qu'on aime moins, ou pas du tout. Dont on se moque. Le ou la nullos·se de service, qui ne comprend pas les blagues, qui ne s'habille pas comme il faut, qui a un physique difficile, qui n'a pas les bons attributs. Pas assez viril, pas assez féminine. Ou trop, et pas comme il faut.

C'est comme ça que les autres se reconnaissent entre eux, prétend ma mère. Que les gens se fédèrent. En excluant quelqu'un, ils se mettent à exister en tant que groupe. Selon elle, c'est un signe de faiblesse.

Ça me fait une belle jambe – je devrais dire, *ça me fait une belle bite,* s'il me restait un peu d'humour.

Jusque-là, à l'école, puis au collège, je me suis débrouillé pour ne jamais faire partie de ces parias. OK, j'étais considéré comme un peu étrange, avec ma passion des bouquins, mes bonnes notes, mes parents psys et mon vocabulaire qui étonnait les profs ; mais je savais faire profil bas, rire au bon moment des bonnes blagues sur les bonnes personnes, les ressortir au besoin. Bref, de justesse mais quand même, je faisais partie des exclueurs, pas des exclus.

Je crois que je n'en ai jamais eu vraiment conscience jusqu'à maintenant ; il se peut que, vers la fin de la cinquième, quand on a piqué les affaires de sport de Naïma Benchekrit qui avait de si gros seins qu'elle devait enfiler un soutien-gorge spécial rien que pour courir, j'aie pensé un instant : « C'est vraiment salaud de faire ça. »

D'un autre côté, si j'avais pris sa défense, qu'est-ce que j'aurais ramassé…

C'est moi qui ai fait le guet pendant que quelqu'un d'autre fracturait son casier. Trois jours plus tard, quand Papa m'a demandé si j'étais au courant du « harcèlement » qui visait une fille de ma classe « à cause de son physique », j'ai répondu quelque chose comme : « Ouais, vite fait, mais c'est pas si grave en vrai ».

Harcèlement. Les adultes exagèrent, ils ont des mots vraiment trop forts pour ce qu'on se fait subir entre nous. Enfin, c'est ce que je me suis dit à l'époque. Même quand Naïma a arrêté de venir en cours.

Bref, c'était le collège, c'est du passé ; en entrant au lycée, j'étais persuadé que ça n'arriverait plus.

– Ça a duré trois semaines, m'explique Stevie. Ils sifflaient quand je passais, ils me traitaient de pédé dans les couloirs. Ils se passaient des blagues en classe. Enfin, tu connais, quoi.

– Je connais.

N'empêche que ça ne me dit pas ce qu'il me veut. Est-ce qu'il est venu me parler pour qu'on crée un club des nuls, une asso d'humiliés, un gang de victimes ? Dans les séries américaines, les freaks et les losers se retrouvent ensemble. Ça leur donne de la force, ça leur permet de dépasser les épreuves.

Mon cul. Dans la vraie vie, à deux, on n'est pas plus forts – on est juste des cibles encore plus évidentes et ridicules.

– Je suis désolé, Grégoire, lâche Stevie. Tout ce que je peux te dire, c'est que ça va se tasser. Si tu y mets du tien.

J'explose :

– Si j'y mets du mien ?

La dame du CDI (un jour, je connaîtrai son nom) me fusille du regard. Je lève la main en signe d'excuse, me rassieds sur mon fauteuil.

– Tu vois ce que je veux dire, tempère Stevie. Tu souris, tu ris à leurs blagues. Si tu y arrives, tu en fais aussi.

– Je m'auto-humilie ? Pour les calmer ?

Il hésite un instant, comme si j'utilisais des mots trop compliqués.

– Je sais pas si... oui, si tu veux le voir comme ça. Après, tu peux aussi essayer de discuter avec Antoine, il est moins con qu'il en a l'air.

– Sérieux ?

Je dois avoir l'air très surpris, parce que Stevie sourit.

– Non, en vrai, il est super, super con. Mais à un moment, je l'ai pris en tête à tête, et je lui ai dit que j'étais désolé, mais que s'il continuait, j'irais trouver le proviseur pour me plaindre. Apparemment, le mot « homophobie » lui a fait un peu peur. Il s'est calmé, et il a calmé les autres.

Je ne suis pas très convaincu.

– Donc, j'entre dans son jeu, je m'humilie ET je le supplie de me laisser tranquille ? Le rêve...

Stevie soupire.

– Faut pas le voir comme ça...

– T'es marrant. Toi, tu as pu parler d'homophobie. Je parle de quoi, moi ? De petitopénisophobie ? De harcèlement microsexuel ?

Il se marre.

– Les garçons, vous parlez un peu moins fort ou vous sortez ! lance la dame du CDI.

On répond « Pardon m'dame » en même temps – de vrais enfants de chœur.

– Écoute, reprend Stevie, je te dis juste comment j'ai fait. Mais je suis comme toi, ça ne me rend pas heureux. Des fois, j'ai envie de me venger. Je le ferai peut-être…

Là, il m'inquiète un peu – je pense fusil d'assaut, États-Unis, Columbine. Je lui pose la question.

– Mais non, mais jamais de la vie ! T'es grave, Grégoire.

– Pardon. Ben je sais pas, alors, t'imagines quoi ?

Il se penche vers moi et souffle :

– Je pense que je vais me le faire.

– PARDON ?

C'est comme ça qu'on se fait virer du CDI.

33

– En vrai, je suis gay, tu sais ? fait Stevie, à côté de moi.

Nous longeons les grilles du lycée – depuis l'extérieur. En sortant du CDI, nous n'avions pas envie de retourner en cours de français, ni de rester dans la cour. Nous sommes sortis, sans même nous consulter.

– OK. C'est chouette pour toi.

– Je veux dire, il ne pouvait pas le savoir, mais bon, « tapette », c'est pas faux, quoi.

Je réagis comme le feraient mes parents s'ils entendaient ça – à force de les fréquenter, c'est devenu mécanique, chez moi :

– C'est une insulte. Personne n'a le droit de t'insulter pour ce que tu es.

Du coup, pour moi, ça ne marche pas – petite bite n'est pas une insulte. J'ai vraiment une... etc. Stevie continue :

– Sérieux, tu ne trouves pas ça bizarre qu'Antoine s'intéresse autant aux autres garçons ? À leur *bite,* surtout ? T'as remarqué qu'il passe son temps à reluquer les autres dans les vestiaires ?

– Je...

– À propos, glisse Stevie, moi je fais pas ça, mais j'ai vu que la tienne est plutôt jolie. Pas super grosse, c'est sûr, mais mignonne. Attention, c'est pas une proposition ou quoi que ce soit, hein, t'es pas trop mon genre. Je te dis juste, il n'y a pas de problème avec elle.

Si seulement je pouvais le croire...

– Bref, reprend-il, je suis à peu près sûr qu'Antoine est vachement travaillé par ses pulsions. S'il est aussi macho et agressif, à mon avis, c'est qu'il refoule.

– Tu crois qu'il est...

– Je ne crois pas, je *sais* qu'il est aussi gay que moi. C'est juste que lui n'est pas encore au courant. Ou qu'il ne peut pas l'admettre.

Que répondre ? Il me faut un peu de temps pour digérer ça – ça me paraît trop énorme. Comment Stevie peut-il être aussi sûr ? En vrai, il n'a aucun moyen de le savoir. Son côté catégorique, c'est peut-être juste pour se rassurer...

Mais il continue :

– Ma vengeance, tu vois, c'est de rester avec lui. D'attendre. De devenir son pote. Parce que le jour où il se rendra compte, le jour où il comprendra ce qu'il veut vraiment, je serai là. Et... il me suppliera de l'aimer.

Sa voix est devenue plus forte, plus assurée ; je comprends qu'il est en train de se raconter une histoire, une histoire qui le rassure, qui lui fait du bien. Une histoire où les rôles sont inversés.

Doucement, je lui demande :

– Et alors, tu feras quoi ?

Il hausse les épaules.

– J'ai pas encore décidé. Bon, on rentre ? On va finir par avoir des problèmes si on sèche trop longtemps...

Nous sommes à trois ou quatre rues du lycée, dans un quartier calme, presque désert. Quelque part, on entend une perceuse, un bus qui passe, des bruits de poubelles qu'on rentre. Un oiseau lance une note unique, aiguë. Le ciel hésite entre bleu-gris et blanc pisseux.

Alors, c'est comme ça ? Je vais rentrer au lycée, baisser la tête, endurer l'humiliation, tenter de trouver une parade pour y échapper ? Comme Stevie, je vais nourrir des rêves irréalistes de vengeance, de réparation ? Je vais devoir me soumettre aux règles établies par d'autres, uniquement parce qu'ils sont plus forts ou plus *populaires* ? Je déteste ce mot ? Plus *normaux* ?

Mon cul.

Je fais ça depuis ma petite enfance. Depuis ma première rentrée. Depuis qu'au CE1 une fille de ma classe a dit que j'étais *bizarre*. Depuis que les profs ont expliqué à mes parents que j'étais *à part*. Je m'oblige, on m'oblige, à rentrer dans le rang, à être comme les autres.

Et j'en ai marre. J'en ai *plein les couilles.*

Une vieille douleur familière me serre le bas-ventre.

– Tu sais quoi, Stevie ? Je crois que je vais te laisser rentrer sans moi.

J'ai à peine prononcé ces mots que, comme par miracle, la douleur disparaît. Et je souris, allégé, heureux soudain. L'impression que mes pieds flottent quelque part au-dessus du sol.

C'est aussi simple que ça. Je peux mettre un terme à ce qui me fait mal – tout de suite, sans attendre, sans ruser, sans me compromettre.

Ma décision est prise.

Je ne retournerai pas au lycée. Jamais.

34

– Qu'est-ce que c'est que ces conneries, Grégoire ?

– C'est pas des conneries, Maman. J'arrête mes études. J'arrête les cours. Aujourd'hui.

– Je t'interdis de…

– Écoutez, tous les deux, se hâte d'intervenir Papa. Personne n'interdit, personne ne prend de décisions à la hâte. On se calme. On parle. On essaie de se dire les choses. Greg, est-ce qu'il s'est passé un truc ? Quelque chose de particulier, qui t'a poussé à cette décision ?

Mes parents auront beau dire, rien n'entamera ma détermination. Je vais cesser de faire ce qui me rend malheureux. Simple, basique.

En revanche, c'est clair, ils ont un peu de mal à comprendre.

Correction : beaucoup de mal. Voire, ils n'y arrivent pas du tout. Et apparemment, ils n'ont pas l'intention de lâcher l'affaire. J'ai cessé de flotter sur mon petit nuage.

Maman, comme toujours, est celle qui s'énerve le plus facilement ; Papa est plus doux, plus arrangeant ; il est toujours « psy », même quand nous nous disputons.

C'est ce qui m'énerve le plus. Avec ses manières, son ton de voix concerné, ses yeux faussement humides (il n'est quand même pas du genre à pleurer parce que je hausse la voix, si ?), je sens qu'il est capable de m'amener à *réfléchir*. Et ça, il n'en est pas question.

– Ce qui m'a poussé, c'est que j'en ai marre que vous me fliquiez !

Ils se regardent, stupéfaits. Quelque part, je les comprends – je ne sais pas d'où ça sort, cette histoire de flicage. Mais ça a l'air de leur faire de l'effet, alors je fonce dans la brèche.

– Je suis le seul de ma classe – le *seul*, vous m'entendez – qui ne peut pas se connecter en permanence ! Et pourquoi ? Parce que vous n'avez pas *confiance* en moi ! Parce que vous avez peur de ce que je peux faire, pas vrai ? Des sites *cochons* ? Et pourquoi pas des sites extrémistes, tant qu'on y est ?

Bien sûr que ce n'est pas vrai, ou seulement de très loin. Mais ça n'a plus d'importance, je laisse jaillir ce qui vient. On a toujours quelque chose à vomir, non ?

– On ne te soupçonne pas de... commence Maman.

– Tu veux davantage de liberté, Grégoire ? la coupe mon père. C'est tout à fait possible. C'est normal, même. Nous allons réfléchir à comment t'en accorder plus. Et tu trouves que tu n'en as pas assez au lycée ? Tu souhaites qu'on t'autorise à ne plus y aller ? Pas de problème, on peut comprendre. Si c'est vraiment ton choix, nous le respecterons.

Le pervers. L'ordure. Me faire ça à moi, son propre fils !

Me la jouer *psychologue* !!! Ne pas me résister, ne pas se justifier, ne pas me contredire. Me signifier que j'ai *raison*. Quel fumier…

J'ai l'impression d'avoir grandi de vingt centimètres, de flotter au-dessus du sol, suspendu comme Magnéto par un arc électrique ; je hurle ma sentence, la seule qui me vient :

– Et d'abord, vous ne m'aimez pas – PARCE QUE JE SUIS HANDICAPÉ !

Et je claque la porte de ma chambre tandis que résonnent encore, entre les murs de l'appartement, les échos de cette phrase que je ne comprends même pas.

LUNDI ENCORE

(MAIS PEUT-ÊTRE PAS LE MÊME)

35

– Et après ? Avoir un fils déscolarisé, je veux bien ; mais c'est quoi, ton projet ?

– Maman, arrête, on dirait Emmanuel Macron.

– Peut-être, mais ça ne répond pas à ma question.

– Parce qu'il n'y a pas de réponse.

– On ne peut vraiment pas discuter avec toi...

– Tu te sens inadapté ? Ou inapte, peut-être ? Au sens où tu ne te sens pas d'*aptitudes* pour l'école ? Pourtant, tes notes...

– Papa, c'est pas la peine, on en a déjà discuté.

– Je comprendrais que tu aies peur. Ce n'est pas une période facile, pour vous les jeunes. Entre la pandémie, le réchauffement climatique, sans parler de tes soucis physiques, vous avez de quoi être inquiets pour votre avenir. Mais si la peur t'empêche d'avancer, c'est peut-être que...

– Je n'ai pas peur, Papa. J'en ai juste marre du lycée.

Il hoche la tête, gravement. Je vois bien que ses trucs de psy défilent dans sa tête, *ne pas attaquer de front, ça ne servirait à rien.* Alors, bien entendu, il change d'angle.

– Et cette histoire de handicap, c'est quoi ?

– Quel handicap ?

– L'autre fois, quand tu as crié, tu as dit...

– C'est bon. J'ai dit ça comme ça.

– Comme ça ? Ça veut dire quoi, « comme ça », pour toi ?

– Papa, en vrai, tu me saoules.

– Je suis désolé, Greg. Je vais te laisser tranquille un moment, mais je pense que...

– Vous me saoulez, tous. Vous ne comprenez rien.

Je me jette sur le lit, la tête sous l'oreiller. Ils ne comprennent rien, et même moi, je ne me comprends pas. Si je m'oblige à y réfléchir, je sais comment tout a commencé, je sais même quand et pourquoi ; sauf que tout ça, c'est des mots. Des mots, des mots, des mots, comme ceux que mes parents viennent me répéter jour après jour, heure après heure, dans ma chambre, dans le salon. Je n'ai aucun endroit où profiter du silence.

Papa quitte ma chambre en murmurant quelque chose comme *Tu ne nous aides pas à comprendre...* Je sais qu'il a raison. Je le sais, et je m'en tape. Il m'insupporte, maintenant, avec sa douceur, ses explications, sa patience.

Il ne pourrait pas me coller une gifle, comme un père de base ? Au lieu de ça, il continue à essayer de calmer ma mère quand elle monte sur ses petits poneys.

Elle est moins patiente que lui. Elle ne me frapperait pas non plus ; mais elle est capable de me faire la gueule, parfois vingt-quatre heures de suite. Et ça, au moins, ça me fait du bien.

Le reste du temps, ils se relaient pour « venir voir si je vais bien », « me demander si j'ai besoin de quelque chose » ou « essayer de savoir si j'ai envie de parler un peu ».

Allez crever, oui. Votre gentillesse est insupportable.

– Tu ne serais pas amoureux, tout simplement ? me demande Papa un autre soir.

Il vient d'entrer et remarque que je suis à mon ordinateur, en train d'écrire. Je referme le portable, furieux, et lui lance qu'il pourrait frapper aux portes. Ça ne le détourne pas de son idée.

– S'il se passe quelque chose avec quelqu'un, des émotions qui sont difficiles à gérer pour toi, Grégoire, tu peux m'en parler. Et si tu n'as pas envie d'en parler avec moi, tu peux peut-être regarder sur Internet, ou même aller consulter quelqu'un ? Parfois la solution est juste là, il suffit de se confier à un ou une professionnelle qui…

Mais je me confiais à quelqu'un ! Oh, pas directement, sans doute, juste au travers de mes histoires ; n'empêche que ça me faisait du bien, de savoir qu'il y avait quelque part une lectrice prête à m'accepter tel que je suis. Dans ma tête en tout cas.

Sauf que Kika ne m'a toujours pas répondu.

C'est peut-être ce qui rend les mots de mes parents si lassants, si médiocres ; c'est peut-être pour ça que, malgré leurs interrogatoires incessants (et, je suppose, la véritable inquiétude qu'ils éprouvent pour moi), je n'arrive pas à leur parler, à leur dire ce qui se passe, à échanger avec eux. Ça me paraîtrait trop vide.

Est-ce que Papa a raison ? Est-ce que je suis *amoureux* ? Amoureux d'une femme dont je ne connais rien et qui ignore tout de moi – en particulier de mon problème ? Amoureux d'une femme qui ne pourra jamais m'aimer ?

Ridicule. Ça me ferait presque rire si ça ne me donnait pas envie de me rouler en boule et de ne plus rien sentir.

Je fais la grimace :

– On en rediscute, Papa ?

– Oui, tu as raison, prenons chacun le temps de la réflexion.

Et il sort de ma chambre. J'ai remarqué que « le temps de réflexion » était de plus en plus court – il ne me laisse pas vraiment de répit.

Quand j'ai décidé de ne plus aller au lycée, j'étais joyeux, léger – j'avais trouvé une solution. Pris une décision. Mais j'ai quinze ans et, apparemment, je ne peux pas prendre mes décisions tout seul. La joie et la légèreté se sont transformées en une angoisse permanente et électrique, un poids que je traîne avec moi H24, qui accompagne chacun de mes mouvements.

Qu'est-ce que je pourrais faire ? Me consacrer au *projet* que ma mère réclame pour me ficher la paix ? Le seul qui me vienne en ce moment : écrire un roman et le vendre en ligne. Un roman porno, bien entendu. Peut-être que si j'ai assez de lecteurs, je pourrais envoyer à Kika93 un mail désinvolte :

Slt,

Au cas où tu te poserais la question, c'est bien moi l'auteur de la saga Les Aventures érotiques de Chloé Rembrandt *qui cartonne sur Kindle. Dire que tu aurais pu être la première des deux millions et demi de lectrices et lecteurs… Si tu veux, je t'envoie un lien. Au plaisir d'avoir de tes nouvelles !*

Sauf que je n'ai pas écrit une ligne depuis la scène dans la bergerie – et que, depuis que j'ai quitté les cours, rien ne me vient.

Une demie-heure plus tard, on frappe à ma porte.

36

– Qu'est-ce qui te rend heureux, Grégoire ?

– Pas le lycée. Pas les cours.

Dans le combat « Le lycée, stop ou encore ? », on en est au moins au cinquante-deuxième round. L'intrigue patine, la série tourne en rond.

Maman soupire. Papa sourit – il laisse tomber ses épaules, comme un judoka entre deux assauts. Je sais qu'il essaie de se détendre, de ne pas se mettre en colère contre moi.

À sa place, pourtant, je serais en colère. Je le suis déjà à la mienne, et je ne sais même pas complètement pourquoi.

– Oui, on a fait le tour de ce qui te rend malheureux, pas la peine d'y revenir pour l'instant.

– Ça ne me rend pas malheureux. Je n'y retourne pas, c'est tout.

– Pas de problème, Grégoire, c'est acté. On attend la fin des vacances et on prend rendez-vous avec le proviseur pour que tu en parles avec lui.

– J'irai pas.

– Greg, coupe ma mère, acide, tu te rends bien compte que tu demandes à ce qu'on te traite en adulte alors même que tu n'as *pas* un comportement d'adulte, en ce moment ? Être responsable, c'est...

Papa a un léger mouvement vers elle ; il lève la main comme pour lui dire d'attendre, de se calmer. Puis il se retourne vers moi.

– Aujourd'hui, Grégoire, qu'est-ce qui te rend heureux ? Quelle activité, quel moment ? Dans quelles circonstances est-ce que tu te sens bien ?

Il est coriace, quand même. J'ai beau chercher, je ne vois pas comment éviter de répondre à sa question. Sauf que la réponse, dans l'ordre, c'est *rien ne me rend heureux, aucune activité, jamais, dans aucune circonstance.* Je ne sais même pas ce que ça veut dire, *heureux*.

– J'sais pas.

Nouveau soupir excédé de ma mère ; mais Papa ne me quitte pas des yeux, son éternel sourire compréhensif ne bouge pas d'un iota. De mauvaise grâce, je continue :

– Écrire, des fois. Ça me fait du bien.

– C'est super, écrire ! s'exclame ma mère. Très bien, comme activité !

Et, comme on peut s'y attendre, elle enchaîne aussi sec sur l'intérêt de rester au lycée pour se forger une culture générale, et accessoirement décrocher le bac pour envisager des études supérieures menant à un master d'écriture créative – ça existe, elle a regardé sur Internet.

Bien entendu, je cesse d'écouter après le mot « activité ».

Même Papa n'arrive pas à tempérer son enthousiasme. Mais, quand elle a fini sa diatribe pro-écriture (et pro-lycée, bien sûr), il pose la main sur mon genou et me demande d'une voix douce :

– Tu veux peut-être nous faire voir ce que tu écris ?

Merde. Qu'est-ce qui m'a pris de leur parler de ça ?

37

La marche de Chloé la Blanche

Chloé la Blanche marche, le ventre brûlant de haine, de honte et de désir.

Elle marche solitaire dans la plaine désertique, parsemée de silhouettes d'arbres décharnés. Le sable gris roule sous ses pas et s'élève en une lourde poussière qui l'environne. Il règne une chaleur accablante, mais le corps de Chloé Rembrandt est glacé, transi de part en part. Elle ne sent rien d'autre que la boule de douleur étincelante qui crépite entre ses jambes et sous son cœur. Alors, elle avance.

Voilà des jours, des siècles peut-être, que Chloé Rembrandt erre sur les chemins, de marécages en bois maudits, de ravins menaçants en mornes étendues, son épée inutile battant contre son flanc. Nul ne vient à sa rencontre, nul ne lui adresse la parole, nul ne la voit. Chloé

Rembrandt chemine dans les limbes, indifférente à tout sauf au mal qui la ronge.

Parfois, au détour d'un sentier, elle aperçoit au loin un bourg, une ferme ; là, un couple de paysans qui travaillent la terre ; ailleurs, une jeune servante au teint frais qui descend, les bras chargés, vers un lavoir où, à genoux sur la dalle de pierre devant l'eau claire, elle se met à frotter son linge en chantant ; plus loin, c'est un jeune nobliau, la silhouette bien découpée et la jambe ferme dans ses chausses, qui trotte hardiment sur son destrier.

Chaque fois, le mal dans son ventre palpite un bref instant, comme doté d'une vie propre, d'une voix qui murmure : « Vas-y, mais vas-y donc ; va trouver la donzelle, va parler au godelureau ; va demander à ces gentils époux s'ils n'auraient pas un lit pour une pauvre aventurière... »

Le poing de Chloé Rembrandt se referme sur le pommeau de son épée inerte ; elle presse le pas. Elle ne peut faire taire cette voix, elle ne peut que l'entendre ; mais elle sait qu'elle doit l'ignorer. Que la malédiction qui la frappe s'étend à tous ceux qu'elle voit, à tous ceux qu'elle touche. C'est pour les autres qu'elle doit rester à l'écart – toute sa vie.

Mille fois elle a songé à mettre fin à celle-ci, à sa misérable existence ; à se passer Flamberge, sa fidèle rapière magique, au travers du corps. Mais la lame autrefois scintillante, qui sifflait un chant de la victoire chaque fois qu'elle la tirait de son fourreau, est désormais terne et sans grâce. Chloé n'est même pas certaine que, dût-elle s'en servir, l'acier ne se briserait pas, ou bien ne se courberait pas comme une vulgaire barre de plomb émoussée. Elle sait, en revanche, que la sorcellerie qui l'habite et qui coule en ses veines, remplissant ses entrailles, au lieu de mourir avec elle, se répandrait autour d'elle comme le mercure, empoisonnant le sol, les eaux et les arbres, la Terre entière.

La vie lui est interdite et elle ne peut mourir ; Chloé Rembrandt erre sans but, espérant juste que ses pas incessants atténuent un peu la douleur de son ventre.

Parfois, quand elle s'arrête, quand la nuit devient trop sombre pour avancer encore, les yeux ouverts, dans l'obscurité, elle se remémore ce qui l'a conduite là, le sort qui l'a frappée, injuste et pourtant si mérité.

Elle s'est laissée aller. Elle s'est abandonnée. L'espace d'un instant, elle a baissé sa garde, elle a voulu faire confiance à quelqu'un.

*

Jusque-là, je suppose, c'est un texte que je pourrais montrer à mes parents. Ils y verraient sans doute des tas de trucs psys, ça leur ferait plaisir.

Sauf que, tel quel, ça n'a pas de sens. Il faut quand même que je raccroche avec ce que j'ai écrit avant…

38

La marche de Chloé la Blanche, partie 2 : le retour du couple de feu

Elle s'est laissée aller. Elle s'est abandonnée. L'espace d'un instant, elle a baissé sa garde, elle a voulu faire confiance à quelqu'un.

– Tourne-toi, si tu veux, qu'on voie mieux ton mignon petit cul…

La voix était enjôleuse ; les caresses de la paysanne et de son compagnon avaient allumé dans le ventre de Chloé un feu tel qu'elle n'en avait jamais connu ; et, dans cette étable, sous le doux regard des animaux, dans l'odeur rassurante de la nature autour, elle avait pensé : « Après tout, qu'est-ce que je risque ? » Fermant les paupières, elle s'était retournée, les mains autour de la poutre de chêne patinée par les ans.

– Encore un petit peu, donne-moi cette croupe, avait murmuré la fille de ferme, tandis que sa main s'insinuait entre les cuisses de Chloé, caressant et écartant en douceur pour mieux ouvrir le passage. C'est bien. Ton cul sent comme les fraises, ma belle, on a envie d'y goûter…

Pour ponctuer ses mots, elle avait laissé glisser sa langue sur la peau de Chloé, sur l'arrondi des fesses, puis dans leurs replis secrets. La jeune aventurière avait cru défaillir, à la fois du compliment et de ce contact ferme et chaud. Elle s'était retournée à demi, pour échanger avec la paysanne un long regard langoureux. Juste derrière elle, tel un étalon, le garçon d'écurie se tenait prêt, sa queue raide et luisante. La fille s'en saisit pour la faire glisser le long des vallées rebondies, puis le guider vers le sexe de la jeune aventurière. L'un comme l'autre étaient déjà si mouillés que Chloé n'avait presque plus peur. S'enhardissant, elle avait osé formuler une demande :

– Soyez doux, c'est ma toute première fois…

– Bien sûr, ma toute belle, avait soufflé la paysanne à son oreille.

Elle avait empoigné le sexe de son camarade à la base, l'empêchant d'avancer ; et ce fut à Chloé, encouragée par les caresses de la fille, de s'empaler sur l'épieu dressé pour elle, pouce par pouce.

Une vieille femme lui avait un jour parlé de la douleur de ce moment ; pourtant, il lui sembla qu'elle s'ouvrait d'elle-même, qu'elle accueillait le sexe vibrant au lieu d'être envahie par lui. Elle ressentit une chaleur, une piqûre à peine, puis ce fut tout. Elle se sentit remplie, comblée, même. Timidement, elle laissa s'agiter ses hanches, qui semblaient vouloir onduler d'elles-mêmes. La présence raide et chaude à l'intérieur d'elle lui arracha un véritable cri de plaisir.

– Comme ça, oui, l'encouragea la fille de ferme. Continue. Tu es douée…

Elle ne la quittait pas des yeux, complice. Caressant les deux amants d'une main, elle frottait son propre sexe de l'autre, comme jouissant du seul spectacle de leur plaisir ; et Chloé en fut si troublée qu'elle tendit le bras pour saisir son initiatrice par la taille et l'emmener devant elle, dos contre le pilier de bois. Toujours courbée, l'aventurière fit à son tour jouer sa langue dans le jus acide et sucré qui auréolait les doigts et les lèvres roses de la jeune femme. Enivrée par cette senteur, par le contact des peaux contre la sienne, par les gémissements de la paysanne et par les va-et-vient de plus en plus puissants du garçon en elle, Chloé sut qu'elle allait jouir.

VENDREDI
(PROBABLEMENT)

39

– Ça avance, ton écriture, Grégoire ?

Mon écriture. C'est comme ça que Papa et Maman y font référence, maintenant. Depuis le début des vacances, ils me fichent une paix royale, mais me demandent quand même, chaque soir en rentrant, si j'ai « bien avancé ».

Je ne sais pas trop quoi leur répondre : j'avance pas mal sur les aventures de Chloé, mais hors de question que je leur montre ce que j'écris. Parfois, en relisant pour enlever les fautes et les répétitions, je me choque moi-même ; parfois je me demande ce qu'en penseraient mes parents, qui me prennent pour un garçon gentil.

Un obsédé, oui. Un cochon.

– Pour le film de ce soir, attaque Papa, j'ai pensé à quelque chose. *Le Monde selon Garp,* avec Robin Williams. Ça parle d'un écrivain, Grégoire, ça devrait te plaire. Et c'est l'adaptation d'un très beau roman de John

Irving, même si ça s'en éloigne pas mal, si j'ai bonne mémoire.

– C'est marrant, intervient Maman, j'avais pensé à un autre film avec Robin Williams, *Le Cercle des poètes disparus*. Et ça parle aussi de littérature. Mais ton idée est meilleure, on le loue ?

OK. Je vais vous croire. Pour la première fois, ils ont des idées de films très proches, limite identiques, avec le même acteur ? Et ils tombent d'accord *sans discuter* ? C'est bon, zéro crédibilité. Ils se sont concertés avant. Ils ont choisi un film qui va nous permettre de *parler*.

– J'ai pas trop envie de regarder la télé, là. J'ai encore des trucs à écrire.

– Grégoire, s'agace ma mère, on respecte ton envie d'écrire, mais tu peux respecter aussi nos besoins, en échange. Le film du vendredi, c'est une tradition, ça nous fait plaisir à tous les deux. C'est possible pour toi de faire un effort ?

La voix un peu trop geignarde, je commence :

– C'est toujours moi qui fais des efforts, je...

– Si on disait que tu regardes le premier quart d'heure et que tu décides ensuite ? intervient Papa.

Pas la peine d'argumenter, ils finiront toujours par m'avoir à ce jeu-là.

De mauvaise grâce, je m'assieds avec eux sur le canapé. Générique interminable où un bébé – un garçon, très nettement – saute en l'air, ou flotte, c'est selon, dans le ciel bleu.

Ça commence bien : à la deuxième minute, un gamin se coince le zboub dans sa braguette et le bébé qui sautait essaie de garder pour lui un magazine porno.

En vrai, ça a l'air marrant, et même intéressant. Il y a une chouette séance d'images animées, je ne savais pas qu'on en faisait dans les films d'avant ma naissance ; et le thème pourrait m'intéresser, pas seulement parce que le personnage principal est un écrivain, mais parce que ça parle de *lust,* traduit dans les sous-titres par « la concupiscence ».

Bref, ça parle de cul. Visiblement, tout le monde ne pense qu'à ça, en fait. Et ça n'a l'air simple pour personne.

Quoi qu'il en soit, au bout des quinze minutes réglementaires pile poil, je me lève et j'annonce que je vais dans ma chambre, bonne nuit. Mes parents font un peu la gueule, mais ils ne râlent pas : j'ai promis un truc, j'ai tenu parole, c'est bon.

Je n'ai pas envie d'être avec eux et je voudrais boucler l'histoire de Chloé Rembrandt. Après ça, on verra bien.

40

La marche de Chloé la Blanche, partie 3 : la malédiction

Enivrée par la senteur de la paysanne, par les gémissements que lui arrachaient ses coups de langue, par le contact des peaux contre la sienne et par les va-et-vient de plus en plus puissants du garçon en elle, Chloé Rembrandt sut qu'elle allait jouir pour la première fois de sa vie. Elle ferma les paupières, se laissant totalement aller à ses sensations.

– JE VOUS Y PRENDS ! POURCEAUX LUBRIQUES !

Elle ouvrit les yeux pour découvrir, dans l'embrasure du portail, une silhouette difforme entourée d'une puissante aura de magie. Elle se redressa brutalement, au risque de blesser l'homme qui était en elle, et voulu bondir sur sa rapière empêtrée dans son pantalon qui gisait au sol ; mais il était trop tard, elle en était consciente.

Une puissante rafale de magie envoya Flamberge à l'autre bout de l'écurie ; la lame de l'épée magique prit immédiatement une teinte grisée qu'elle n'avait jamais eue.

– Chloé Rembrandt ! cracha la vieille femme au visage repoussant. J'ai juré de te faire payer ce que tu m'as fait, et l'heure est venue. Mais j'ignorais qu'à la satisfaction de la vengeance se joindrait celle de l'humiliation…

Elle ricana – un son horrible qui évoquait le grincement de gonds soudés par des siècles de rouille – avant de poursuivre :

– Te voir vautrée dans le stupre et la fornication, toi la fière vierge ! Et avec des manants, qui plus est ! Non, jamais je n'aurais cru que tu m'accorderais un tel plaisir. Et maintenant…

Sigmunda la sorcière – dont, jadis, Chloé Rembrandt et Max Egrogire avaient brûlé le domaine et libéré les malheureux esclaves, et qui avait juré de se venger pour cela – prononça une antique formule magique qui sembla s'élever dans l'air comme la langue d'un serpent ; il y eut un éclair aveuglant.

Lorsque la lumière se dissipa, Chloé découvrit que les bêtes autour d'elle étaient mortes, que les murs de l'étable avaient disparu ; à la place, il ne restait que des décombres fumants. À ses pieds se tortillaient deux petits porcelets roses et dodus, qui l'observèrent d'un air paniqué ; puis les deux animaux parurent se désintéresser d'elle, et le mâle se mit à courir derrière la femelle pour la monter.

Quelques instants plus tard, ils avaient disparu.

– Les jeunes gens... murmura Chloé. Vous les avez...

– Tes partenaires de débauche ? Oui, espèce de dépravée, je les ai changés en porcs, comme ils le méritaient.

L'aventurière faillit remercier la sorcière pour ce geste de clémence mais, pour enfoncer le clou, celle-ci continua :

– La mort aurait été trop douce pour de tels pervers, j'ai choisi de les laisser à leurs bas instincts... et à la morsure du feu d'une auberge quand un manant qui les croisera les égorgera pour son dîner !

Elle éclata d'un rire triomphant.

– Quant à toi, Chloé Rembrandt, je te condamne à vivre avec dans tes entrailles le feu de ce plaisir à jamais inassouvi !

Il y eut un nouvel éclair de magie, et Sigmunda la sorcière disparut.

Demeurée seule dans les ruines, Chloé s'aperçut avec horreur que la vieille enchanteresse avait dit vrai : imperméable à ce qui venait de se produire, son corps vibrait encore du plaisir charnel qu'elle avait ressenti quelques instants plus tôt ; mais déjà ce lent brasier se transformait, comme un incendie qui, couvant sous les cendres, se met à brûler tout ce qu'il touche sans jamais provoquer la moindre fumée.

Elle voulut faire un pas, mais la douleur-plaisir, comme du vif-argent versé en elle, l'empêcha d'avancer ; elle tomba à genoux sur le sol, bras serrés contre le ventre, incapable de crier tout autant que de chasser la souffrance qui la torturait.

La vengeance de la sorcière était accomplie. Dorénavant, pour les siècles des siècles, et pour avoir voulu connaître le plaisir, Chloé Rembrandt endurerait le mal insoutenable de l'insatisfaction.

41

– Greg ? Je peux entrer ?

Non, Maman.

– Juste cinq minutes. Je veux te parler.

Non, Maman.

– OK, j'entre.

Super. La poignée bascule, je ferme précipitamment mon portable. Elle s'assied sur mon lit sans paraître le remarquer.

– Je sais que tu n'as pas trop envie de discuter avec nous en ce moment. Avec moi. Je comprends. Je respecte ton choix. Mais moi, j'ai besoin de te dire quelque chose.

Je souffle un grand coup, je regarde ailleurs, mais apparemment ces vieux signes cabalistiques qui signifient « Je m'en fous, j'écoute pas » ne suffisent pas à faire disparaître l'interlocutrice. La sorcellerie n'est plus ce qu'elle était.

– L'autre fois, quand tu étais en colère, tu as déclaré qu'on ne t'aimait pas parce que tu étais handicapé. Alors je veux que tu le comprennes bien, mon Greg : tu n'es pas handicapé.

Je fais la moue, mais elle continue, sans me quitter des yeux :

– Tu es un garçon hypersensible, d'une intelligence précoce, avec un imaginaire très développé ; et comme beaucoup de personnes hypersensibles, précoces et imaginatives, tu as parfois du mal avec la réalité, avec des choses comme l'injustice, l'égoïsme des autres, leur regard, et avec la douleur. Tu es conscient de tout ça ?

Je ne comprends pas grand-chose aux formules magiques que prononce cette femme, mais je sens que quelque chose en moi y réagit.

– Tout ça, mon Grégoire, c'est loin de constituer un handicap. C'est une force. C'est une richesse. C'est ton caractère à toi. C'est une chance, pour toi et pour ceux qui t'entourent. Tout ce que tu sens, ce que tu es, il te faut le développer. Parce que ça t'amènera à de grandes choses.

Ah, ça y est, je vois où elle veut en venir. *Pour développer toutes ces qualités gnagni-gnagna, qu'est-ce que c'est-y donc qu'il faut-il faire ? Mais mais mais, c'est aller à le lycée comme un grand avec les autres petits éléphants, oui oui oui !*

Le bon vieux coup du chant des sirènes (des sirènes qui parlent le clown, j'ignore pourquoi, mais peu importe).

Sauf que non. Sauf que Maman continue, bifurque vers quelque chose à quoi je ne m'attendais pas.

– Là-dessus, on est d'accord, ton père et moi. Tu es un être rare, une belle personne, et tu mérites un très bel avenir. Mais tu sais quoi ? Tu as aussi le droit de ne rien faire de grand, de te contenter du plus simple, du plus facile, si c'est ce qui te rend heureux. Tu as le droit d'hésiter, de changer de chemin, de te tromper. De n'avoir envie de rien, aussi. Tu as le droit, parce que, quel que soit ton choix, quelle que soit ta manière d'être, la vie que tu te choisis, on sera là, Papa et moi. On sera là parce qu'on t'aime, au-delà des mots, au-delà de tout.

Une pause. Longue. Je sais qu'elle me regarde, et je sais qu'elle a les yeux brillants de larmes ; mais je ne peux pas lever la tête, pas croiser son regard. Trop difficile.

– Contrairement à ce que tu as exprimé l'autre fois parce que tu étais en colère, nous sommes convaincus que tu ne souffres d'aucun handicap. Et quoi qu'il en soit, tu es parfait comme tu es ; et nous sommes encore plus certains que nous t'aimons. De tout notre cœur. Je voulais que tu le saches, et que tu en sois aussi persuadé que ton père et moi. Voilà.

J'entends grincer les ressorts de mon lit, puis :

– Bonne nuit, Grégoire, mon chéri.

Sa main effleure mon épaule quand elle quitte la chambre. Je ne me redresse pas. Je suis penché en avant, les paumes sur les yeux, et elles sont inondées de larmes.

J'ai envie de me lever, d'ouvrir la porte de la chambre, de la retenir en la prenant dans mes bras. De pleurer librement sur son épaule, comme quand j'étais petit. De lâcher les digues, de m'abandonner. De tout lui confier, sans remords ni arrière-pensée.

Mais.

Mais ça ne changerait rien, au fond. Ça ne résoudrait pas mon problème.

Parce que jamais je ne pourrais lui dire :

C'est bien beau, tout ça, mais pour ma bite trop petite, je fais quoi ?

42

C'est bon, de pleurer. Ça soulage. Ça évacue. C'est pas super viril – pas du tout, même – et je suppose que ça ne résout rien. Mais quand, enfin, je cesse de sangloter sur mon bureau, que je jette à la poubelle mon quinzième kleenex trempé, j'ai l'impression d'être plus calme, moins malheureux. Apaisé.

Je dis du mal de mes parents, mais ils connaissent leur taf. Même s'ils ne peuvent pas m'aider, je leur suis reconnaissant, parce qu'ils continuent de tenter à le faire.

Je rallume mon ordinateur pour parcourir rapidement l'ensemble des épisodes de *Chloé*. Je relis, ajoute quelques corrections. Quand j'ai fini, je compile tout en un seul fichier, que je joins à un message :

Hello Kika,

Je viens de terminer les aventures de Chloé, et je me suis dit que tu aimerais les lire. J'espère que ça te plaira.

On se capte plus tard, ou dans une autre vie si tu préfères,

Slt,

Greglitt

Ma tête est plus claire maintenant. Je vais arrêter d'écrire. Enfin, arrêter d'écrire *Chloé Rembrandt*. De toute façon, que peut-il lui arriver d'autre, que je me cantonne au genre cape et épée classique ou que j'aille vers la version porno ? On va pas se raconter d'histoires : c'est un personnage claqué, foutu.

Comme moi, un peu.

Du coup, je n'ai absolument aucune idée de ce que je vais pouvoir commencer. De la fantasy ? De la SF ? De vraies fanfics ? Un roman sérieux ?

On verra. Demain, plus tard, ou jamais. J'éteins mon ordinateur et je vais me coucher.

SAMEDI

43

Antoine – qui est toujours une fille, bien sûr – est nettement plus entreprenante que je ne l'aurais imaginé.

D'abord, elle tient absolument à toucher mon sexe. À le saisir. Je proteste un tantinet, ça ne se fait pas, c'est mal élevé ; et puis, il est tellement petit, tellement fragile, qu'elle pourrait me faire mal. L'arracher. Le perdre.

– Ne t'inquiète pas, je vais le regonfler.

Elle se penche sur moi – qui m'a piqué mon pantalon et mon caleçon ? – et se met à souffler dans mon pénis comme dans un embout.

Il faut que je lui dise qu'elle s'y prend mal, que ça ne marchera pas. Mais tout ce qui sort de ma bouche, c'est :

– Zizi ballon. Antoine a cru.

C'est débile, comme phrase, mais en même temps j'ai l'impression de n'avoir jamais prononcé de sentence aussi profonde et définitive. Une partie de moi, cependant, se demande comment s'orthographie « a cru ». A cru, du verbe croire ? Accru, comme agrandi ? À cru, comme un cheval ? Ou encore autre chose ?

Inutile d'en parler avec l'Antoine-fille : elle ne comprend rien aux accents homophones, et elle est en train de transformer mon appareil génital en ballon dirigeable.

Mes testicules ont gonflé, ils ont des guirlandes jaunes et bleues avec des festons, comme sur les photos des montgolfières du XVIIIe siècle.

– C'est drôle que tu utilises le mot « feston », souligne Sigmunda. Ça te fait penser à ton père ?

Assise à côté de moi, dans sa robe de sorcière, elle sirote un café en observant, au-dessus de nous, mes couilles qui décollent à la manière d'un zeppelin. Je distingue tout au bout, à la proue, le nœud rose et minuscule de mon petit kiki.

Je soupire, un peu las.

– C'est encore un rêve chelou, c'est ça ?

– Je sais pas pourquoi tu dis ça, répond la fille-Antoine entre mes jambes en se redressant – je constate sans surprise qu'elle est également Sigmunda.

En même temps, un papillonnement léger me parcourt l'entrejambe ; elle frotte ses seins à mon sexe, qui étrangement est revenu – ou resté ? – à sa place.

– Je crois que je n'aimerais pas sucer Chloé, continue-t-elle. Je te préfère toi.

Je suis flatté, évidemment. D'autant que, d'après les secousses qui montent le long de mon ventre, elle a repris sa besogne et s'en tire beaucoup mieux maintenant (je n'ose pas regarder, j'ai un peu peur de ce que je pourrais voir).

– Tu as meilleur goût.

Là, sur l'instant, je brûle de lui dire qu'elle ne doit pas penser ça ; que je m'abandonne à ses caresses de manière linguale, mais qu'au fond je pense à une autre – Kika, la géniale enchanteresse qui sait tout faire de mon sexe. Pourtant, comment l'interrompre sans me montrer grossier ? Je la laisse faire. Je constate :

– C'est toi qui fais l'action.

Elle hoche la tête – c'est bon, d'ailleurs – et me fait remarquer par télépathie que ça ressemble beaucoup au mot « fellation ». Je lui confie :

– J'en ai marre d'avoir des rêves agréés par l'association française de psychanalogie.

De nouveaux ballons flottent autour de moi – des ballons-fesses, roses et fendus. Ils se collent à mon corps, comme attirés par ma peau. Leur contact est terriblement excitant et ils m'emportent vers le haut.

– Tu vas en foutre partout, m'annonce Chloé.

Je pensais qu'elle s'appelait Antoine.

Mais peu importe : Chloé ou Antoine, elle a raison. Ses caresses et les ballons-culs autour de moi me poussent au-delà du point de non-retour. Une fontaine jaillit de mon sexe.

Je me réveille, le ventre et les draps trempés de sperme chaud et gluant.

Je ne tolérerai pas qu'on prononce le mot « sperme » sous mon toit, disait le grand-père de Garp au début du film d'hier soir. La phrase flotte un instant autour de moi, entre sommeil et retour à la réalité.

Je vais devoir changer mes draps. Ça sera la deuxième fois de la semaine.

Une chose est vraie, dans tout ce qui m'a traversé la tête : j'ai des rêves à faire saliver un psy.

J'ouvre ma fenêtre. Il fait gris dehors, gris et frais. J'espère que l'odeur un peu aigre de mon émission nocturne s'estompera assez vite, je me les gèle un peu.

En attendant de refermer, j'allume mon ordinateur.

Et immédiatement, j'oublie mon rêve – ou bien j'ai l'impression d'y retourner.

J'ai un message de Kika93.

44

Kika93
01 h 13

Cher G.,

Oh mon cher, oh mon grand, oh mon auteur, tu n'imagines pas ma désolation, ma contrition, mon affliction, mon attristation, et des tas d'autres mots en *-tion* : je t'ai abandonné.

Voilà combien, deux semaines ? Trois ? que je me promets tous les soirs de t'écrire, que je relis en souriant le début de l'épisode de Chloé dans la grange (à ce propos, est-ce une grange, une écurie, voire une étable ? Tout ça n'est pas très clair, et j'aimerais en avoir le cœur net – un palefrenier n'est pas la même chose qu'un garçon de ferme, je crois – je t'en reparle plus bas). Deux ou trois semaines que je pense à toi et à notre jolie petite relation épistolaire, sans avoir le temps, ou le courage, de m'y replonger.

Il faut que je te l'avoue sans honte : pendant tout ce temps, j'étais ailleurs. Difficile de dire où exactement – quelque part entre « sur la lune » et « complètement à l'ouest ».

Je sais, tu sens déjà, tu devines : une histoire d'amour. Enfin, d'amour… de cul, essentiellement. Mais du très bon. Pendant deux semaines (trois ? On s'en fout, au fond) j'ai été *in love*… d'une queue.

Ah, oui, à toi je peux le dire : j'ai déjà kiffé des garçons, des filles, et mêmes des personnes quelque part entre les deux ; parfois, d'ailleurs, plusieurs à la fois ; mais c'était la première fois que j'étais accro à un sexe.

Moi qui avais toujours pensé me classer uniquement dans la catégorie des sapiosexuels, voilà, j'ai osé, franchi le pas, dompté mes appréhensions… et découvert des frissons dont j'ignorais tout.

Comment je l'ai rencontré, le sexe en question ? Oh, facile : il était accroché à un garçon. Un garçon que je ne trouvais pas spécialement beau, ni intelligent, ni même attirant, en fait ; un garçon sans importance, sans particularité, sans charme, presque.

Il est simplement advenu que ce garçon-là et moi nous sommes retrouvés nus en même temps (bon, il y avait un contexte, ça ne m'arrive pas non plus comme ça par hasard, de finir à poil avec des gens, même si ça se produit plus souvent que je ne l'imaginais il y a quelques mois encore) – nus, et allongés dans mon lit.

Enfin, je dis « allongés » et « dans mon lit », mais c'était la base. La position de départ. Ensuite, on a exploré bien d'autres lieux, pièces et positions. Mais j'essaie de faire simple : lui et moi, nus, au lit. Et là, je découvre son sexe.

Oh, G., comment te dire ? Comment te raconter ?

Je ne sais pas si tu connais l'écrivain Richard Brautigan ; il a écrit une sorte de petite nouvelle, ou de long poème, qui s'intitule *J'ai essayé de te décrire à quelqu'un* – cherche-le, au besoin, sur Internet. J'ai toujours adoré ce texte, où il explique qu'il est tellement amoureux d'une femme que la seule comparaison qui lui vient à l'esprit pour parler d'elle, c'est les images d'un vieux film où des gens découvrent l'électricité. C'est splendide.

Je vais essayer de te décrire la queue qui m'a fait tourner la tête.

Elle est comme un oiseau. Non, pas un oiseau, un animal, un vertébré, un mammifère (je n'y connais rien à tout ça, je m'embrouille dès le départ, ça commence bien). Elle est comme un petit animal léger et doux, vif, joueur. Timide, parfois, pas toujours disposé.

J'adore son odeur, la façon dont elle palpite, jamais en repos ; j'adore quand je la réveille, la surprends, la suscite, la suçote.

Oh je me laisse emporter, mais comment te raconter, G., la douceur de prendre cette queue entre mes lèvres ? Et quand elle se glisse en moi, alors...

Il y a un côté baguette magique – braguette magique, pardonne-moi le jeu de mots moisi. Cette petite queue toute belle et douce a le pouvoir, quand elle s'insinue, de déclencher d'étranges vibrations électriques (on en revient à Brautigan, tu vois), des sensations à nulle autre pareilles ; des secousses sismiques dans mes dessous.

Oh que oui, mon beau G. (car tu es beau, je le sais, quand on rencontre une queue comme celle-là, tout est beau, tout est bon, les gens, la vie, le monde), oh que oui, j'ai eu la tête, les mains, la bouche, les pensées, les mots, les actes et tout plein d'autres trucs encore remplis de ce joli sexe de garçon, pendant trois semaines (trois ? seulement trois ? ça m'a semblé tellement plus long, mais aussi instantané, comme si tout avait défilé d'un seul coup) (non, pas d'un seul coup, des coups il y en a eu plusieurs, des tas, des infinités, où en suis-je ? Je reviens à toi, ne quitte pas, ne coupe pas, j'allais te dire), oui, ce sexe-là a su m'emplir et me remplir pendant un temps indéterminé ; je n'exagère pas en te disant qu'il a retourné mon monde, ouvert mes yeux (et pas que – mes chakras aussi, à quoi pensais-tu, petit dégoûtant ?), a changé mes perspectives, chaviré ma météo interne et chamboulé mon caractère. Je ne savais pas qu'on pouvait tomber en amour d'un simple membre.

Alors, pendant trois semaines (mettons trois, j'en ai marre d'hésiter), j'ai fait des folies, des erreurs, des faux pas ; j'ai ouvert des brèches, sauté des précipices, franchi des Rubicon ; j'ai cogné dans des murs, j'ai dynamité des impasses, j'ai tout changé de ma vie et de moi-même – bien que, d'une certaine façon, je n'aie rien changé du tout. Mon monde tournait autour de cette bite et de ce qu'elle déclenchait en moi.

Et chaque soir en rentrant – ou plutôt chaque moment de répit, car il n'y avait plus ni soir, ni matin, ni nuit, ni jour, juste la présence de cette queue et les moments d'absence, je te dis, j'étais raide dingue, accro –, chaque fois que j'ouvrais mon ordinateur, que je voyais ton premier message, puis le suivant, puis le dernier, je me disais : « Sois juste, Kika (je ne m'appelle pas Kika dans ma tête, je mettais mon vrai prénom, c'est pour que tu suives), sois juste avec ce pauvre G. : jamais ses mots ne te toucheront autant que cette maudite quéquette, que cette envoûtante petite queue qui tourne dans ta tête en permanence, et autour de ton cul le plus souvent possible. » Et, donc, je ne te répondais pas, de peur de manquer de gentillesse, de temps, de patience, d'intérêt.

C'est à peine si, une ou deux fois, vers la fin, j'ai pensé à ton héroïne et aux situations bizarres dans lesquelles elle se fourre – ou se laisse fourrer, pour mieux dire.

Car, oui, il y a eu une fin. Une faim. Une soif d'autre chose.

Je suis comme ça, G. Je me passionne pour les choses. Je fonce, je me laisse emporter. Je ne réfléchis à rien, je vis à cent à l'heure et à deux cents pour cent (je t'écris ça dans ma petite chambre en sirotant une tisane, parce que parfois aussi j'en ai marre de tout et l'énergie d'un yucca mourant) – bref, je carbure au super, mais au bout d'un moment le moteur cale, le démarreur hoquette, les roues patinent et je vais finir par me perdre dans cette métaphore mécanique parce que je n'y connais pas grand-chose alors j'arrête là.

Pour mieux te conter la fin, il faut que je parle de la plénitude ; après un départ en fanfare, six ou sept jours à s'envoyer en l'air quasiment sans arrêt, j'ai voulu agir avec responsabilité et sagesse ; j'ai exploré, en conséquence, les régions immédiatement adjacentes à la bite qui me faisait craquer.

Les jambes étaient pas mal ; le ventre confortable ; le cul, ferme et rigolo, un régal pour les yeux, et doux pour y poser la tête. Mais bon, il avait tout de même une conversation limitée. La poitrine, peut-être un peu étroite, avec des poils un peu rêches qui me piquaient les lèvres parfois ; les bras, sans signes distinctifs ; les mains communes – le garçon, visiblement, n'aimait pas trop s'en servir, ni pour l'amour, ni pour d'autres tâches comme faire la vaisselle ou bricoler.

(Non que j'aie besoin de faire la vaisselle ou de bricoler en même temps que je baise, mais au bout de trois semaines, les réalités frappent à la porte, les assiettes sales s'empilent et les étagères s'arrachent du mur, surtout quand on s'y agrippe dans un élan furieux).

La quéquette enchantée continuait à jouer son opéra dans mon bas-ventre, mais le reste me lassait un peu. Or, tu t'en apercevras, G. (car je me sens désormais une personne d'expérience, permets-moi de te prendre un peu de haut, de t'impartir ma sagesse), la quéquette n'a qu'un temps. C'est peut-être une question de frottement, d'usure, de cals (de *caux* ?) qui se forment ici ou là ; les sensations s'étiolent et, tout comme on finit par se fatiguer du goût de la truffe ou du caviar (je suppose) si on en consomme tous les jours, j'en ai eu un peu marre de la queue en question, et du garçon qui allait avec.

Car, outre ses difficultés à se servir de ses deux mains (et à se les sortir du cul, si tu me pardonnes l'expression), ce garçon-là avait, j'ai fini par le découvrir, un gros défaut : sa tête. Sa tête, et ce qui se trouvait dedans.

Je t'épargne la description – il faudrait rebaptiser le poème de Brautigan *J'ai essayé de raconter à quelqu'un pourquoi je te trouve con comme une bite* – mais sache qu'une fois que j'ai commencé à m'intéresser à ce qui se passait dans *l'autre* cerveau du bonhomme (celui entre ses oreilles, pas celui entre ses jambes, au cas où tu ne suives pas, pardonne-moi, G., si je me laisse aller au flot de mes souvenirs et de ma rancœur sans prendre garde à ta lecture) – eh bien, à partir de là, c'était fini.

J'ai toujours cru que j'étais incapable de jugement définitif, mais écoute bien cette perle de sagesse, et prends-en de la graine : un bon amant, ça doit être un peu plus qu'un sexe.

Voilà ce qui me ramène vers toi, mon écrivain adoré, vers ton imagination fertile et notre relation sapiosexuelle.

Non que je te considère comme mon amant ; pas encore, je n'oserais pas (et il y aurait sans doute la question, un peu futile mais tout de même, de la *réalité*) ; mais en rentrant chez moi, en retrouvant ton texte, les aventures de ton aventurière délurée et maudite, j'ai retrouvé...

Eh bien, j'ai retrouvé le plaisir de me caresser, figure-toi. Le goût de moi-même. Cet idiot de queutard était, imagine ça, incapable de me faire jouir avec ses doigts ! Je lui en ai voulu, un peu. J'avais peur qu'il ait cassé quelque chose en moi.

C'est revenu sans peine, et grâce à toi. Merci pour ça, inestimable G. Me revoilà (les phalanges un peu collantes, je me masturbe beaucoup en te lisant) – plus riche de sagesse et de nouvelles sensations (car figure-toi que j'ai appris à me faire ce que ce garçon me faisait : on peut toujours en apprendre davantage sur sa propre jouissance, je le découvre aujourd'hui).

Alors, je t'ai lu. Et relu.

J'ai quelques petites choses à te dire.

Tout d'abord, merci : tu as fait vibrer, revibrer, ma tête plus que mon cul. Et j'en avais besoin.

Aussi : je peux me tromper, mais il me semble que tu progresses à toute vitesse. Dans les premiers textes trouvés sur le forum, il y avait – pardonne-moi, mon G., pardonne-moi, qui suis-je pour le dire ? – quelques maladresses, quelques formules un peu lourdes ; depuis, cette impression m'a quittée, et je trouve au contraire que tout est très lisible.

Seul petit bémol là-dessus : dans la « grande scène » avec le couple de paysans, tu multiplies les tournures comme « l'aventurière », « la jeune paysanne », etc. – au point de confondre, comme je te disais, garçon de ferme et palefrenier (ce n'est pas le même métier !), étable et écurie (ce n'est pas le même endroit ! – j'ai vérifié dans mon dictionnaire, pour les deux), etc. Tout ça, bien sûr, parce que c'est un peu compliqué de savoir de quelle « elle » on parle vu qu'il y a deux filles.

Et justement, pourquoi deux ? Je veux dire, est-ce que ce n'est pas un peu cliché, le plan à trois ? Qu'y a-t-il de si mal avec le plan à deux, le one-to-one, la bête à deux dos (et pas à trois, ou quatre, ou douze) ? C'est trop banal, trop cliché ? Pas assez extraordinaire ?

Je ne consomme pas tant de porno que ça – enfin, pas plus de six ou sept fois par semaine – mais il me semble que le sexe à plusieurs (plus de deux, donc) y est surreprésenté. Tout comme y sont surreprésentés les seins et sexes énormes et épilés, les gens minces et musclés, ainsi que les exploits physiques.

De mon expérience (petite, mais pas *si* petite), dans la vraie vie il y a des petits ventres et des petites bites, des seins rigolos, des poils et parfois quelques boutons de moustique, des imperfections, des défauts.

Et des bites magiques en dépit d'une taille fort modeste et d'une forme peu usitée.

Alors, bien sûr, tu ne vas pas écrire « Pendant qu'elle suçait le garçon, le regard de Chloé s'attarda un instant sur la cicatrice qui courait le long de son ventre, dernier vestige d'une chute qu'il avait subie à cinq ans en tombant d'un pommier où il volait les fruits d'un voisin avec sa jeune complice » – je comprends, ça déstabiliserait ton lectorat, mais, parfois, le porno, c'est chiant.

Pour en revenir à ce plan à trois, pourquoi, mais pourquoi donc, dans un trio avec deux femmes – on dit MFF sur les sites spécialisés –, on voit toujours les F en question se brouter avec délectation, tandis que dans les FMM, ces messieurs déploient souvent tout un arsenal de précautions pour ne SURTOUT PAS que leur sexe, voire leurs mains, s'effleurent ? C'est mal, crois-tu ?

Deux hommes peuvent s'enfoncer tour à tour dans le même orifice et partager les faveurs d'une belle nymphomane (mot sans masculin, d'ailleurs), mais ils ne peuvent pas se mettre la main sur l'épaule, s'encourager d'une tape sur les fesses au passage – et puis, allons-y franco, s'empoigner, se palucher, se suçoter gaiement ?

Non, ce serait mal, ce serait de l'homosexualité, ou au moins de la bisexualité, beuaaark, caca ! Tandis qu'une femme qui met sa langue dans le sexe d'une autre femme, c'est à peine une diversion, presque un divertissement.

Une broutille.

Je t'en supplie, mon cher G., écris-moi une scène où, pour les beaux yeux de ta Chloé, deux jouvenceaux se caressent et se pénètrent ; montre-les-moi en train de ferrailler avec leur chibre tendu en guise de rapières – et riant de cela, joyeusement – ; montre-moi qu'ils en oublient les formes de notre pauvre aventurière pour profiter l'un de l'autre tour à tour !

Et montre-moi aussi quand elle change de sexe, et ce qu'elle découvre ; raconte-moi la fois où elle est contrainte de se faire jouir toute seule pour sauver le monde. Et pourquoi pas, son aventure avec la bitorne, une licorne dont l'appendice est un pénis !

Pardon, je m'égare ; et je ne cherche surtout pas à guider ton inspiration – je préfère que tu me surprennes, comme il y a quelques jours le bonhomme avec sa jolie-queue-sur-un-corps-de-vache (enfin, de veau) surprenait mon corps à chaque fois.

À chaque fois – mais pas *tout le temps.* C'est aussi ça qui a causé notre rupture.

Je pense beaucoup au cul, j'avoue. Plusieurs fois par jour, disons. Plusieurs fois par heure, d'accord, quand je me trouve aux prises avec un sexe qui me procure des sensations d'anguille électrique ; mais, mais, mais : même là, je n'y pense pas tout le temps.

Même en faisant l'amour, j'avoue, il m'arrive de penser à ma liste de courses, à un truc que j'ai lu, parfois même à quelqu'un d'autre – et ce n'est pas toujours un plus, sexuellement parlant. Bref : dans la vie, je n'aime pas que le cul. Voilà pourquoi, quand je lis ou que je regarde du porno, j'aimerais qu'il y ait parfois *autre chose* que du cul.

Et ça, justement, mon cher G., tu le réussis plutôt bien. Dois-je t'avouer, par exemple, que si parfois les mouvements de tes personnages m'échappent un peu (il faudrait un schéma, pour savoir qui fait quoi à qui, je n'ai pas la lecture imaginative, je ne *vois* pas toujours ce dont tu parles), ce qui me touche, étonnamment, ce sont les mentions des odeurs, des arbres en arrière-plan, des animaux paisibles qui continuent à manger pendant que tes petits pantins sexuels s'agitent de leur côté. Je ne sais pas pourquoi, c'est presque ce qui m'excite le plus – c'est réel, pour moi.

Je relis le paragraphe ci-dessus et je me rends compte que je suis à la limite de m'emberlificoter dans mes phrases.

À ce sujet : je trouve que ton style est souvent agréable à lire, mais parfois un peu compliqué (oui, je sais, je pourrais me faire le même reproche, mais ce n'est pas parce qu'on a un défaut qu'on le pardonne aux autres). Un endroit où ça me frappe : quand la sorcière dit : « Mais j'ignorais qu'à la satisfaction de la vengeance se joindrait celle de l'humiliation... »

Super phrase, d'accord, mais je n'ai pas pu m'empêcher d'imaginer quelqu'un qui s'embrouillerait pour la sortir. Tu connais les Monty Python ? J'ai imaginé John Cleese en train de lancer : « J'ignorais qu'à la satisfaction de l'humiliation... *No, I tell it wrong*... J'ignorais qu'à la vengeance... *No, wait*... » Bon, OK, c'est moi, mon côté jamais vraiment sérieux, pas fan de la grandiloquence.

Pareil, le moment où la sorcière Sigmunda les surprend et les traite « de pourceaux lubriques ». D'accord, la scène est chouette, j'ai pensé au film *Willow,* avec la reine Bavmorda qui jette un sort à l'armée ennemie qui les transforme tous en cochons – toi aussi peut-être ? Et bien sûr, comme tirade, c'est vachement classe : « Quant à toi, Chloé Rembrandt, je te condamne à vivre avec dans tes entrailles le feu de ce plaisir à jamais inassouvi ! » – même si, là aussi, il faut que l'actrice soit douée pour pas se planter.

Mais, petite objection : depuis quand une sorcière est *prude* ? Je te fais remarquer que les sorcières sont censées forniquer avec le diable et avec tous les hommes qu'elles rencontrent ; en fait, quand je l'ai vue surgir, je pensais que ça allait se transformer en partouze... Mais non, elle semble horrifiée par la conduite des trois jeunes gens. Je t'avoue, en cet instant, j'ai pensé à un dialogue du genre :

« Sigmunda : Quant à toi, Chloé Rembrandt, je te condamne à vivre avec les entrailles dans ton plaisir du feu inassouvi !

Chloé : Pardon ?

Sigmunda : Oh, c'est bon, t'as capté – tu vas en chier, parce que tu es vraiment une chienne et ça me fout le seum.

Chloé : Ah ? Mais je croyais que les sorcières adoraient le plaisir, le sexe et la fornication ?

Sigmunda : Les autres peut-être, mais moi je suis une sorcière catholique. Et prude. Et rigoriste. On n'est pas nombreuses dans mon genre, mais c'est comme ça, alors me les brise pas. J'en étais où ? Ah oui, le plaisir, le feu, tes entrailles, attends, je remets de l'ordre dans tout ça... »

Je te vexe ? J'espère que non. Je ne dis pas que ton style est grandiloquent – et quand il l'est, c'est souvent pour de bonnes raisons. Mais, voilà, parfois je remarque ces trucs-là. Comme le fait, aussi, qu'il y ait quelque part un « éclair aveuglant ». Pourquoi, il y a des éclairs qui ne font pas de lumière ? Qui n'aveuglent qu'un tout petit peu ?

Ailleurs, aussi, ma lecture a buté sur la phrase : « La fille de ferme rouvrit des paupières où dardait le désir. » Je vois le truc, hein, mais ça m'arrête ; je me dis, le désir peut-il vraiment darder dans des paupières ? Ça ne me paraît pas super logique côté grammaire.

OK, je chipote. Je chipote comme je jouais avec la jolie queue qui m'enchantait : parce que ça me fait du bien, parce que c'est un vrai plaisir. Tu ne m'en veux pas, au moins ? Tu vois en tout cas que je te lis avec grande attention. Que je te scrute – là aussi, une comparaison me vient avec mes trois semaines d'expérimentations, mais j'en resterai là.

Ensuite. Ensuite.

Tu as laissé tomber le côté gothique/donjon/chaînes et violence du début, avec la scène de contrainte et le très-méchant. J'avoue que je suis assez pour, comme je t'ai dit ce n'est pas trop mon truc – le sado-masochisme m'ennuie rapidement, sur le papier et en images (pas eu l'occasion de le tester dans la vraie vie, j'ose te le dire, et ça ne me manque pas), ma tolérance à la douleur s'arrête à la piqûre de moustique, je pense que la seule vue d'un fouet m'arracherait des cris ridicules et probablement des pets de terreur, oui, tu as bien lu, va-t'en fantasmer quelque chose quand tu penses à des petits pets de terreur, prout-prout-prout en chapelet, bref, je divague.

Donc, oui, j'adhère pas mal à cette héroïne qui rêve de connaître le plaisir mais s'en méfie. Est-ce qu'on n'est pas toutes et tous comme ça, à un moment de nos vies ? (J'ai pris option philo de mon BEP bricolage) Et, ouiiiiiiiiiiiiiii, je veux connaître la suite.

La question est, as-tu envie de l'écrire ? Es-tu toujours inspiré, mon G. ? Ou mon silence t'a-t-il tant mis en fureur que tu me réserves le tien en retour, juste punition du mien ? (J'essaie de faire des phrases aussi compliquées que Sigmunda, et je me plante, tu vois.) J'espère que non. J'espère te lire. Vite. Fort (oui, on peut lire fort). Si tu souhaites me punir, tu trouveras sans doute une façon bien à toi... (Tu as vu ? On en revient quand même au côté SM.) Ou, pour le dire autrement : vas-y, steuplé, lâche la purée.

Ah ah. Je l'ai dit. Choqué ? Déçu ?

En parlant de choqué, déçu : une petite idée m'est venue, comme ça. Une idée qui ne me plaît pas, qui me fait un petit peu peur, qui est sans doute la pire idée du monde.

Mais, voilà, j'ai passé trois semaines accro à une queue, et je sens que je pourrais passer pas mal de temps accro à tes histoires ; or, tout comme c'est en découvrant ce qu'il y avait dans la tête au-dessus de la queue – non, attends, ce coup-là j'ai grave foiré ma phrase, bref, je te la fais courte : Qu'est-ce que tu dirais qu'on se rencontre en vrai ? Un jour, si jamais, voilà, comme ça, qui sait ?

Je te laisse là-dessus, avec l'impression d'avoir commis un péché plus grave encore que Chloé (j'espère que le feu de mes entrailles du désir inassouvi… zut, encore une phrase ratée, tu es vraiment le plus fort, G.).

Un peu de sexe en pensée et des pensées pleines de sexe,

K.

45

Je lis, relis, rerelis.

Cette meuf est tarée.

Cette meuf est géniale.

Cette meuf s'y connaît en écriture.

Cette meuf s'y connaît mille fois plus que moi en sexe.

Cette meuf aime les queues.

Correction : elle a aimé une queue. D'une taille apparemment modeste et d'une forme peu usitée. Elle est tombée amoureuse d'une…

Merde, je suis en boucle.

Je rerelis, relis, lis.

Ça fait des hauts et des bas, des tiraillements dans mon ventre et ma tête, comme des musiques ou des couleurs différentes à chaque paragraphe.

J'ai envie de lui répondre sur-le-champ, envie de connaître sa lettre par cœur avant de tenter d'écrire quoi que ce soit, envie de ne jamais lui répondre.

Reprenons. Soufflons. Respirons.

Des semaines que j'attendais un message d'elle. Des jours que j'avais cessé d'espérer. Mais jamais je n'aurais osé imaginer *ça*.

Allez. Tant pis. Je me lance.

46

Greglitt
11 h 37

Chère, chère Kika

Ton message est un tourbillon, et je me sens comme un fétu de paille emporté par lui.

Non, si je commence comme ça, tu vas m'en vouloir de faire des phrases. Bon : merci de m'avoir écrit, j'adore te lire. J'essaie de savoir ce que ça me fait. Je me tâte – pardon, je sonde mes sentiments.

D'abord : Je suis jaloux. Jaloux de la queue dont tu es tombée amoureuse. Jaloux de la liberté avec laquelle tu dis ça.

J'avoue que j'aimerais connaître quelque chose d'équivalent à cette passion un peu folle (tu es sans doute un peu folle toi-même ?). Pas pour une queue, attention – pardonne-moi mais je ne suis guère fasciné par les sexes de garçons. Mais bon : j'aimerais moi aussi être amoureux. Et j'aimerais que tu aies été amoureuse de moi, j'imagine. J'aurais sans doute aimé être le garçon attaché à la queue – pour voir ce qu'elle te faisait, par exemple.

Tu la qualifies souvent de « petite ». C'est un qualificatif affectueux, je suppose ? Attention, je te demande ça à des fins purement scientifiques – ou plutôt littéraires, pour mes recherches. J'imaginais un nouveau héros, Jonas Longuequeue, qui aurait pu guérir Chloé du sortilège qui la frappe ; mais ce que tu me racontes me fait hésiter, il pourrait aussi s'appeler Gédéon Courtepine ? Et avoir lui-même été l'objet d'une malédiction qui diminue la taille de son engin ?

Bref : étonnamment, ce que tu racontes m'excite presque. Si tu veux m'en dire plus, je suis tout ouïe.

Ensuite, sur tes remarques quant à mon style : je te remercie. (Je te hais.) Un bon écrivain est capable d'entendre la critique et les remarques constructives. (Je te déteste.) Il s'en sert pour progresser et s'améliorer sans cesse. (D'abord, qu'est-ce que tu y connais ? T'es prof de français ou quoi ?) Humble, il sait qu'il peut toujours faire mieux, car son lectorat le mérite. (Nom d'un pénis. C'est ça. Tu es prof de français. Tu es *ma* prof de français. Tu as cinquante-quatre ans, de grosses lunettes et une haleine discutable, tu t'appelles Mme Bourg et le génie de l'humour de ma classe te surnomme « La reine », à cause de « Ma bite Choisy-le-Roy et t'habites Bourg-la-Reine ». Ce mail s'arrête ici, pardon, madame Bourg.)

En vrai : merci pour tes remarques. Je ne sais pas du tout quoi en faire, mais j'essaierai de les garder en tête. Et je suis flatté de te faire vibrer le cerveau, à défaut du reste.

Quant à la suite des aventures de Chloé : j'hésite entre plusieurs solutions, que voici :

1) M'arrêter là (j'allais le faire, pour être honnête, avant ton message).

2) Lui faire rencontrer (après tout un tas de péripéties – celles que tu suggères dans ton mail me semblent très prometteuses, permission de te piquer les idées ?) un personnage masculin, Jonas ou Gédéon, donc, avec lequel elle aura un rapport one-plus-one, tout bien comme tu veux, et qui la guérira de la malédiction. Inconvénient : ça veut dire que c'est un mec qui la sort de son problème, et du coup elle ne serait plus vraiment l'héroïne de l'histoire, si ?

3) La faire évoluer dans un multivers – je ne sais pas si le concept t'est familier, mais grosso modo, elle trouverait le moyen de passer d'une dimension à l'autre, de voyager dans le temps. Ce serait un peu, toute proportion gardée, comme un *Valérian et Laureline,* sans images, sans Valérian et avec du cul (enfin, encore plus de cul, car Laureline est mon idéal absolu d'érotisme féminin – peut-être que tu lui ressembles ?).

4) Pas de 4, en fait. Il y aurait bien la solution que, comme Daredevil (la version comics, pas la série), elle

passe trois ou quatre ans à se morfondre dans une cave – ou une dimension stérile – sans rien faire à part se demander si elle doit faire un truc : mais bon, ce serait sans doute aussi chiant pour moi que pour mes lecteurs, je veux dire pour ma lectrice, toi. Pas de 4, donc.

Voilà, tu sais tout de mes réflexions, ou presque. Je vais essayer de reprendre les aventures de Chloé Rembrandt dans le week-end, pour toi ; pardonne-moi s'il faut un peu de temps.

J'en viens aussi à ta proposition un peu folle – se voir, se rencontrer. Ça fait pas mal de remue-ménage dans ma tête, dans mon ventre et un peu plus bas, j'avoue. Pour de très bonnes raisons : j'ignore totalement où tu habites, et réciproquement ; ça peut être très compliqué de se fixer un rendez-vous ; nous risquons d'être gravement déçus – toi, surtout. Et mille autres objections de ce genre.

Réfléchissons. Reparlons-en.

Mais… pourquoi pas ?

Ton

Greg

47

Papa passe dans le couloir. À la façon dont son pas ralentit devant ma porte, je sens qu'il hésite, prêt à frapper, qu'il s'arrête, que sa main retombe ; je l'entends repartir.

– Papa ?

Chuintement de pantoufles – il s'immobilise.

– Greg ?

C'est moi qui me lève, qui ouvre la porte. Sans trop savoir ce qui me prend, je propose :

– Papa, on peut discuter, un peu ?

48

On a une longue, très longue conversation. Sur le sexe, sur *les* sexes, sur tout un tas de trucs.

Il me parle de ce que c'est qu'être un homme. Enfin, il m'en parle surtout pour me dire qu'il n'en sait rien.

– Je suppose qu'on est des singes, au fond. Des animaux. Des animaux qui prennent du plaisir à se reproduire, tellement de plaisir qu'ils en font tout un jeu. Ou alors c'est le contraire, c'est la nature qui nous oblige à prendre ça vachement au sérieux. Peut-être parce qu'on fabrique des enfants incapables de marcher, qui ne seront pas autonomes avant une bonne quinzaine d'années, on est programmés pour s'imaginer que la reproduction, c'est hyper important, on doit choisir, savoir, s'engager… Et au final, je crois que je ne suis toujours pas sûr de quoi que ce soit, en ce domaine.

J'ai l'impression qu'il va me parler de maman et lui – ils sont toujours polis l'un avec l'autre, toujours gentils je crois, mais j'ai l'impression qu'ils ne font pas grand-chose d'autre que se *supporter* réciproquement. Je n'ai jamais vu, entre eux, de trace de passion, de complicité physique, bref, de vie amoureuse.

Tant mieux, en un sens ; sinon, je trouverais ça dégueulasse.

– Et puis, continue Papa, il y a les rôles que nous attribuent la société, notre civilisation, le rapport patriarcal, tous ces trucs qui nous obligent à penser qu'un garçon doit faire ceci, une fille être comme cela… En un sens, je trouve que vous avez de la chance, les gens de ta génération, il y a plein de trucs qui changent, plein de normes que vous rejetez. Et en même temps, j'ai l'impression de voir parfois un retour à l'ordre moral, des classes entières de la société qui préfèrent penser que « homme travaille fort, femme travaille maison », que les hommes viennent d'une planète et les femmes d'une autre, qu'il y a une morale pour les uns qui ne s'applique pas aux autres… Je suis perdu, je te dis.

J'essaie de suivre. Dire que j'ai juste commencé par :

– En vrai, j'ai eu un problème au lycée, il y a un garçon qui s'est moqué de moi parce que…

Je n'ai pas osé, pas à ce moment-là, révéler la vraie nature des moqueries d'Antoine. Je me suis contenté de finir, piteux :

– … parce que je ne suis pas assez viril.

Papa a embrayé aussi sec sur la virilité, l'image et les obligations masculines – ce qu'il appelle « l'injonction à être mâle ».

– Tu sais quoi, Grégoire ? Je pense à Rudyard Kipling, qui a écrit ce texte pour son fils, *If*, le mode d'emploi pour devenir un homme, pour vivre sa vie de mec. Eh bien, ce fils unique, ce fils qu'il aimait tant, Kipling est *intervenu* pour le faire enrôler dans l'armée britannique, pendant la Première Guerre mondiale, et il est mort au combat. Ironique, non ?

Ironique, oui. Même si on s'éloigne un peu de ma bite. Mais une fois lancé, Papa est difficile à arrêter.

– Alors ce mode d'emploi, cet « homme parfait » qu'on te décrit partout – et qu'on essaie de t'obliger à imiter, dans les films de James Bond comme dans la pub ou dans les petites blagues entre mecs au lycée –, cet homme parfait n'existe pas. Et s'il existe, il doit s'emmerder royalement, à toujours être parfait, justement. À ne pas pouvoir être faible, lâche, soumis, épuisé, perdu, grelottant.

– Grelottant, Papa ?

– Je sais pas, ça me vient comme ça. Je suis fier de pouvoir trembler, pleurer, me plaindre, avoir peur, être en colère, me tromper, me planter, recommencer – ou tout abandonner, au contraire. Je ne sais pas si c'est être un homme, mais c'est agir sincèrement, en humain. Et au bout du compte, être humain, c'est la plus belle chose, non, c'est la *seule* chose qu'on peut...

– J'ai un sexe trop petit.

Ça, ça l'a coupé. Il a fait la grimace, haussé les épaules.

– Ah, merde... Désolé, je crois que c'est un peu dans nos gènes, comme le petit ventre. Et la calvitie, mais j'espère toujours que pour ça, tu tiens du côté de ta mère. Parce qu'être chauve, tu vois, c'est...

– Papa ?

– Oui, pardon. Je ne sais pas quoi te dire. C'est pas facile pour moi d'en parler.

C'est la première fois que je vois mon père en difficulté dans une conversation. Timidement, maladroitement, il tente de me raconter ses expériences, la découverte de son propre pénis, son rapport avec la taille de celui-ci.

– Et, tu vois, au final, je me dis qu'il n'y a pas de taille idéale. Pas de mode d'emploi universel. C'est à chacun de se connaître, de s'accepter – et, dans un couple, enfin, avec une personne avec qui tu as des rapports sexuels, il faut aussi apprendre à connaître l'autre, à le rencontrer, à le respecter. À partager, de personne à personne. Il faut faire attention à soi et faire attention à l'autre, parce que le sexe, au final, ça peut être une catastrophe aussi bien qu'une aventure complexe et merveilleuse, la chose la plus naturelle ou la plus compliquée du monde. Tu comprends ce que je veux dire ?

Ce que je comprends, c'est qu'il n'en sait pas beaucoup plus long que moi. Apparemment, c'est surtout ça qu'il faut accepter, l'ignorance.

– L'ignorance ET l'envie d'apprendre, corrige-t-il.

Gros silence. J'ai presque envie de lui parler de mes rêves bizarres, et même de ma correspondance avec Kika – du fait que, peut-être, je vais rencontrer celle-ci. Et que je ne sais rien d'elle. Vu ce qu'elle me raconte, elle est sans doute (bien) plus âgée que moi. Je suis à peu près certain que ça ne lui plairait pas d'entendre ça.

J'ai envie de lui dire que, depuis un mois ou presque, je ne sais plus ce qui se passe dans mon corps et dans ma tête, que je me demande encore si c'est bien ou mal.

Ce sera pour une autre fois. C'est encore trop compliqué pour moi, et j'ai sans doute envie de chercher par moi-même. D'autant que Papa enchaîne, presque pas tendancieux :

– Et du coup, c'est à cause de ce garçon que tu voulais arrêter le lycée ?

Je note l'emploi du passé – habile, ça suggère que le problème est derrière nous. Mais au fond, il a raison, je le sais : depuis quelque temps, dans mes pensées, le lycée c'est Antoine, et Antoine je ne veux plus le voir.

– Mais si tu arrives à parler avec cet Antoine, ou si tu trouves un moyen de le forcer à arrêter...

Je hausse les épaules. On verra. J'y réfléchirai. Je ne suis pas sûr que ce soit possible, mais qui sait ?

– Je suis content qu'on ait pu parler de tout ça, Grégoire. Tu sais, c'est peut-être plus compliqué pour les hommes de se confier, d'être honnête avec soi et avec les autres. Je te remercie d'avoir bien voulu partager ça avec moi.

– Tu dis ça parce que tu es psy…

– Forcément, mon chéri. Mais je t'aime quand même, et je le pense sincèrement.

La porte se referme et j'ai les larmes aux yeux – des larmes chaudes, agréables, des larmes de bien-être et de soulagement.

Ça ne dure pas.

49

Kika93
11 h 58

Cher G., cher petit, cher tout-petit,

Je te lis toujours avec plaisir, mais tes mots soudain me glacent.

Quand tu parles de ta prof de français, tu parles de celle que tu avais AVANT, quand tu étais au lycée ? Dans le passé ? Il y a longtemps ? Parce que, bizarrement, ah ah ah, tu vas rire, mais tu as utilisé le *présent*.

Cher Greglitt31, figure-toi que depuis le début de nos échanges, il m'a semblé logique – pour autant que j'y aie réfléchi – que le 31 dans ton pseudo fasse référence à ton âge. Bon, je t'avoue que ça me faisait un peu peur, je n'ai pas l'habitude de parler à des hommes de trente et un ans, mais j'assumais. Et voilà que ton dernier message change tout ça.

Parce que bon, 31, ça pourrait aussi être un numéro de département – la Haute-Garonne, même.

Et figure-toi que, d'un seul coup, ça me fait tomber la réalité sur le coin de la gueule. Parce qu'il se trouve que je connais la Haute-Garonne. Plus ironique encore, en Haute-Garonne, je connais un lycée – à Toulouse, vois-tu ? – où enseigne une certaine Mme Bourg, professeure de français.

Comme tu l'as écrit avec tant d'astuce, *ça pourrait être moi.*

50

Greglitt31
12 h 16

~~Kika,~~

~~Je~~

~~Il faut que tu saches que~~

~~Pour être honnête,~~

~~…~~

~~…~~

~~Madame Bourg,~~

*

Oh putain. Oh bordel de merde.

51

Chloé et la fontaine magique

– Déshabille-toi, fit la voix. Déshabille-toi et mets-toi à genoux.

Chloé Rembrandt n'hésita qu'un instant. Elle retira ses vêtements, laissant apparaître la splendeur de son corps mince et musclé, la toison éclatante entre ses jambes. Ce fut comme si l'air autour d'elle, les arbres et la mousse qui bordaient la fontaine entre les pierres retenaient leur souffle devant une telle splendeur.

Elle s'agenouilla au bord du ruisseau qui coulait de la roche moussue.

– À présent, fais un vœu et bois, ordonna la voix qui s'élevait de nulle part telle une musique inconnue.

L'aventurière n'eut même pas besoin de réfléchir. Depuis le temps qu'elle parcourait le monde portant en son ventre un désir brûlant comme la lave, elle savait ce qu'elle souhaitait au-delà de tout. C'était précisément pour cette raison que, suivant les indications d'une vieille mendiante rencontrée au détour d'un bois, elle était partie en quête de la fontaine magique, qu'elle avait fini par trouver après avoir occis un monstrueux loup aux yeux écarlates.

– Je souhaite que ce mal me quitte, psalmodia-t-elle.

Fermant les yeux, elle pencha la tête et plongea sa bouche dans l'onde.

Au moment même où l'eau touchait ses lèvres, coulait dans sa gorge, un rire démoniaque retentit.

– MAUDITE SOIS-TU, QUI AS BU DE MON EAU ! s'écria la voix. Maudite sois-tu… et que ton vœu soit exaucé !

La brûlure dans le ventre de Chloé se transforma en plomb, en rocher, en vide inerte. Elle baissa les yeux pour découvrir que sa toison éclatante avait grisonné d'un seul coup ; dans le même temps, elle sentit que ses sens – le goût, l'odorat, le toucher – l'abandonnaient.

Dans l'eau de la fontaine aux souhaits, elle vit son reflet – elle ressemblait à une vieille femme, à la mendiante du chemin, et même à la sorcière Sigmunda du Bourg.

– Tu vas découvrir, continua la voix diabolique, qu'il y a bien pire que de souffrir de son désir : c'est de ne plus en avoir du tout !

*

Mouais. C'est bien beau, tout ça. N'empêche que je suis grave dans la merde, moi.

52

Kika93
15 h 07

Cher G.,

Ça va ? Je t'ai fait peur ? Mais non, rassure-toi, je ne suis *pas* Mme Bourg. Même si ton silence me prouve que j'ai sans doute touché juste par rapport à celle-ci.

Ainsi donc… tu vas au lycée ? À un lycée de Toulouse où enseigne une Mme Bourg ?

Peut-être que moi aussi. Peut-être que c'est la plus grosse coïncidence du monde.

Mais non. Ne me dis rien. Surtout, ne confirme pas mes craintes. Pense plutôt à mon pseudo à moi, et plus précisément au chiffre dans celui-ci. T'es-tu jamais demandé si 93 correspondait à mon département ? À mon année de naissance ? À mon âge ? À mon tour de taille ou de poitrine ?

Ou à rien du tout, juste un chiffre au hasard suggéré par le site Plumedange ? À moins que ce soit une référence à un film de Pedro Almodóvar, sorti cette année-là avec des scènes aussi osées que barrées... Devine !

Retiens bien ce que je t'écris, G. : les apparences sont toujours trompeuses et plus compliquées qu'il n'y paraît, surtout dans l'écriture (cette phrase sonnait vachement plus intelligente dans ma tête, toutes mes plus plates excuses, j'essaierai de trouver mieux). Je veux dire : j'ai peur de savoir des choses sur toi ; toi, en revanche, tu ne sais rien – absolument rien – de moi.

Et j'aime bien ça.

Tu peux continuer à m'écrire. Nous pouvons maintenir notre relation comme dans *Les Mille et Une Nuits*, tu serais ma Shéhérazade des récits érotico-pornographiques ; je jouerais/jouirais de ton imagination, de ton style, de ta *langue*...

Sauf que dans *Les Mille et Une Nuits*, Shéhérazade ne finit jamais ses histoires de peur d'être zigouillée par le vizir. Ou un truc comme ça.

Bref : le virtuel, c'est sympa, mais ça me saoule.

Je veux bien continuer à lire tes histoires ; je veux bien qu'on continue à échanger par mail. Mais j'ai aussi besoin de choses concrètes – ma liaison avec le garçon-queue me l'a prouvé. J'ai besoin de physique. J'ai besoin de savoir à quoi ressemble la tête qui produit les histoires dont tu m'abreuves. Et peut-être le corps sur lequel elle est posée. Et peut-être, au milieu de ce corps...

Bref, prends ça comme une manifestation d'incorrigible optimisme et de romantisme à tout crin, mais je me dis : et si ça matchait ? Et si on se rencontrait, qu'on se trouvait, et qu'en dépit de toutes nos différences – ou de nos ressemblances – il se passait un truc entre nous ? Si tu étais aussi une queue en plus d'une plume ?

Si tu trouvais mon corps à ton goût, et réciproquement ?

J'avoue, l'idée d'une rencontre me fait peur. Ce sera sans doute la plus grande catastrophe industrielle et sexuelle de ce siècle, voire de ce millénaire. Mais. Mais, mais, mais : il y a une chance, une minuscule chance, une possibilité infime que… Ben, que ce soit bien.

Et j'ai envie de tenter cette chance.

Alors, petit G., qu'en dis-tu ? Te sens-tu prêt ?

À te lire,

K.

53

Le chevalier in(s)existant
– Chloé Rembrandt, aventurière érotique

Par
Grégoire L.

Par un jour d'été, Chloé Rembrandt cheminait dans la plaine. Son pas était lourd et fatigué ; sa taille, jadis svelte et musclée, s'était faite maigre, voire décharnée – elle ne mangeait plus depuis des lunes. On aurait dit un fantôme, le fantôme de la beauté qu'elle avait été ; et son corps, jadis si doué pour le plaisir, n'était que l'ombre de lui-même. Il semblait sec, cassant, revêche. Dur comme la pierre et pauvre comme les blés.

Le soleil l'écrasait de son feu implacable, mais elle semblait ne pas le ressentir. C'est à peine si parfois elle essuyait, d'un geste machinal, la sueur qui coulait de sa chevelure terne sur son front, le long de ses sourcils, ruisselant sur ses paupières. Elle avançait sans mot dire, sans regarder autour d'elle, sourde au bruit des insectes dans les chaumes, imperméable aux caresses du vent.

Depuis sa rencontre avec le succube de la source, Chloé Rembrandt avait perdu tout goût de vivre. Privée de désir par un sortilège, elle n'existait, ne respirait plus que par habitude, traversant les contrées et les paysages sans les voir, incapable de s'arrêter.

Or il advint que, depuis le sommet d'une colline, elle aperçut un château. Cela faisait des jours qu'elle marchait solitaire ; ses chausses étaient usées, son habit couvert de poussière. Et chaque fois qu'elle croisait un manant ou une jouvencelle, elle les voyait faire un écart – son odeur était sans doute aussi abominable que son apparence. Elle-même était insensible à l'une comme à l'autre ; mais ce château, tapi à l'orée d'un bois profond, avait une apparence de fraîcheur et d'innocence qui, sans qu'elle sache pourquoi, lui donna soudain l'envie, ou la trace de l'envie, d'une brève halte où elle pourrait faire sa toilette.

C'est ce qu'elle annonça au chevalier en armure qui gardait le pont-levis, au-dessus des douves. Il lui demanda de décliner son nom et sa quête.

– Jadis, j'étais Chloé Rembrandt ; jadis, je cherchais l'aventure. Aujourd'hui, je ne suis plus rien, et je veux seulement un peu d'eau et de calme.

– Tu as bien mal choisi, répondit le garde. Ce château est celui de Belle-Épine. N'y entrent que les valeureuses et valeureux qui ont su triompher d'eux-mêmes et chevaucher le dragon du désir. Les autres périssent s'ils tentent de passer ce pont-levis. Désarme-moi, voyageuse, et tu pourras entrer ; échoue à me vaincre, et tu mourras.

Elle demeura interdite, pensant rebrousser chemin ; mais elle était fort lasse d'avoir tant cheminé, et la perspective de la mort, en cet instant, lui parut comme un soulagement.

– Je n'ai pas d'arme, annonça-t-elle en s'avançant d'un pas, laissant tomber au sol le manteau misérable qui masquait sa nudité.

– Tu n'en auras nul besoin, répondit le chevalier en s'avançant à son tour.

Au niveau du bassin saillait de son armure une arête formidable à l'angle aigu et menaçant.

– Je vais te pourfendre, jeune pucelle, gronda-t-il. Prépare-toi !

L'aventurière ne prit même pas la peine de répondre à la provocation. Elle était épuisée et lasse de son existence, mais ses réflexes de guerrière ne l'avaient pas abandonnée. Sans crainte de s'entailler, elle empoigna le chevalier en armure par son éperon et, se jouant de l'élan de son adversaire, le fit chuter au sol. Il bascula lourdement, et son sexe de fer se ficha dans les planches de chêne du pont-levis. Il demeura là, ridicule et impuissant, poussant force jurons et agitant ses bras et ses jambes sans pouvoir se libérer.

Enfin, il parut abdiquer. Tournant péniblement l'ouverture de son heaume vers Chloé Rembrandt, il grinça :

– Tue-moi, jeune spadassine. Tue-moi et jouis de ta victoire. Le château de Belle-Épine t'appartiendra.

Elle saisit l'épée que le chevalier avait laissée choir, se prépara à la planter dans la jointure de sa carapace, entre le bras et le plastron, pour la guider jusqu'au corps, mais quelque chose l'arrêta – une sorte de pressentiment, l'ombre d'un écho, un furtif souvenir.

– Attends, murmura-t-elle. Je veux voir ton visage.

– Non ! hurla le chevalier, tentant à nouveau de se dégager.

Mais la main de Chloé releva la visière du heaume.

C'est alors qu'elle vit, sous la lourde armure, son propre visage, atrocement vieilli et couturé de cicatrices.

– Tue-moi, Chloé Rembrandt ! hurla la créature. Mets fin à mes souffrances, à mon agonie. Tue-moi – je suis toi-même !

Chloé s'agenouilla, les mains tremblantes. Elle repensait à ses années de fuite, à son amour perdu, aux multiples aventures qu'elle avait vécues ; elle pensait à la peine d'avoir marché des mois avec le ventre en feu, et de cheminer depuis habitée d'un vide béant, d'une absence absolue de désir.

Ses doigts se mirent à courir le long de l'armure, cherchant les failles, les articulations.

Bientôt, elle eut libéré un bras – un bras sec et décharné, marqué d'entailles, et qui tentait de la griffer.

Elle y posa ses lèvres. Elle le frotta contre sa peau, sur son ventre, sa poitrine, presque amoureusement. La main cessa de s'agiter, les spasmes s'arrêtèrent. Sous le heaume, le visage se détendit un peu.

Elle dénuda ensuite un flanc, où l'on voyait les côtes ; puis le dos, qu'elle parcourut de baisers et de caresses. Elle se jucha à califourchon sur son adversaire, non pour l'humilier ou lui imposer sa volonté, mais pour faire courir la douceur de son sexe le long des os et de l'épiderme ; elle sentit poindre en elle une force enfouie, une humidité riche et bénéfique, comme la pluie qui mouille les pousses d'herbe pour leur donner la force de lever la tête vers le ciel.

Du fond de l'armure, un chant s'éleva, une note longue et modulée qui pouvait être de la tristesse, de l'épouvante, ou un plaisir surpris.

Reprenant sa besogne, Chloé fit remonter la jupe d'écailles, découvrant la forme reconnaissable de ses propres fesses. À leur tour, elle les couvrit de baisers, laissant courir sa langue sur la peau flétrie, passant sur les courbes une paume apaisante ; elle les sentit frémir.

L'une après l'autre, elle fit glisser les lourdes jambières. Ses cuisses avaient été si belles… De ses mains, de ses seins, de sa bouche, elle frictionna ses jambes fuselées pour leur redonner vie.

Le corps, sous ses caresses, se libéra du restant de l'armure, roula sur le côté ; Chloé se retrouva face à elle-même, la tête prise encore dans le heaume, qui la regardait.

– Fais-moi l'amour, soupirèrent leurs deux bouches en même temps.

Leur peau s'était faite fraîche et douce, leurs formes pleines, leurs élans ardents ; les lèvres se trouvèrent, les mains rencontrèrent les courbes, les creux, les pleins et les déliés. Elles n'étaient plus deux femmes, deux humaines, ni Chloé et son double ; mais deux êtres remplis de lumière, étincelantes de plaisir, deux androgynes dont la moindre parcelle, le moindre mouvement, la moindre pulsion, étaient tendus vers la jouissance – la sienne et celle de l'autre.

Un lent spasme monta dans leur ventre, fluide comme la fontaine, brûlant comme la lave ; il battait au rythme du monde, du cosmos. La nature alentour reverdissait et s'épanouissait à chaque baiser, à chaque battement de cœur, à chaque frottement des sexes.

Dans les collines, hommes, femmes et bêtes interrompirent leurs activités ; toutes et tous étaient conscients du miracle qui se produisait non loin. Alors, on vit les animaux se rapprocher et faire couple ; on vit les jeunes gens tomber au sol, où ils étaient, et se rouler ensemble en une mêlée joyeuse, nus, oubliant tout de leur identité, de leur histoire, de leurs pensées – juste pour le plaisir du contact des corps nus et des sexes offerts.

La jouissance surprit Chloé comme une tornade sur une mer calme ; relevant la tête, elle hurla son plaisir à la face du ciel, le déversant sur la terre – et les planètes, à l'unisson, connurent elles aussi un orgasme indicible.

54

Je me demande quand même comment c'est de faire l'amour *en vrai*.

Il me tarde. J'espère que ce sera bien.

DIMANCHE

55

Demain, j'irai au lycée.

J'ai rendez-vous avec le principal. Je ne sais pas encore ce que je vais lui dire, mais je lui parlerai sans doute d'Antoine, des blagues dans les vestiaires. Du fait que j'ai perdu l'envie d'aller en cours. Des rêves que je fais pour l'avenir – écrire, pourquoi pas ? Ou voyager, peut-être.

Agir. Sentir. Apprendre.

Il y a peu de chances pour qu'il comprenne, encore moins qu'il me propose des solutions. Peu importe : je veux lui dire moi-même ce que je ressens. À lui de voir ce qu'il en fera – je veux juste me décharger de ce poids.

La place Saint-Sernin se vide – les étals se replient, les gens rentrent déjeuner. Quelques étudiants et hipsters traînent aux terrasses des cafés. Le soleil est doux.

J'ai rendez-vous avec Kika, à 14 heures, devant le musée Saint-Raymond. Nous n'avons rien prévu ensuite : nous voulons juste nous voir, nous rencontrer.

Au milieu de la nuit, je me suis réveillé, traversé d'une pensée fulgurante.

« *Toi, en revanche, tu ne sais rien – absolument rien – de moi.* »

J'ai repris nos conversations, tous nos échanges depuis un mois. J'ai vérifié, revérifié. À un moment, j'ai eu très peur.

« *Bon, OK, c'est moi, mon côté jamais vraiment sérieux.* »

Avec quoi ça s'accorde, là, « sérieux » ? Avec « côté » ?

Et puis j'ai poussé un soupir de soulagement, quand j'ai trouvé « *depuis, cette impression m'a quittée* ».

Quité-e. Accord féminin. Non, je délire, c'est bien une fille qui m'écrit, j'en suis certain.

Et puis, nouveau chavirement vers la panique : mais bordel, non, « quittée », c'est « l'impression », COD placé avant l'auxiliaire avoir, tout le merdier.

Ailleurs, nouveau doute. « *Moi qui avais toujours pensé me classer uniquement dans la catégorie des sapiosexuels.* »

Nom d'une bite.

Si j'étais une fille, n'écrirais-je pas : « Moi qui avais toujours pensé me classer uniquement dans la catégorie des *sapiosexuelles* ? »

J'y ai passé une bonne partie de la nuit, insomnie galopante. J'ai eu beau chercher et fouiller, je n'ai trouvé aucune trace certaine – aucune phrase, aucune affirmation, aucun accord grammatical – *du fait que Kika appartienne au genre féminin.*

Ça ne peut pas être un hasard. Elle – ou il – a sciemment effacé de ses messages toute trace de genre. Iel m'a toujours caché ce qu'iel était.

L'angoisse. J'ai pensé à envoyer un mail – *Mais en vrai, Kika, M ou F ?* Ou : *Dsl ça va pas le faire pour demain.*

Et puis, alors que le ciel par la fenêtre virait au gris pâle, je me suis dit : « Et alors ? »

Voilà un mois que je corresponds avec une personne dont j'ignore tout, y compris le sexe, le genre ; et pourtant je ne me suis jamais senti aussi proche de quelqu'un, aussi intimement lié, aussi avide d'en faire la rencontre. J'ai trouvé une âme sœur – ou une âme frère, peut-être.

Alors tant pis. Kika a raison. Je veux savoir. Je veux découvrir.

Bien sûr que je serai déçu. Ce sera un garçon ou une fille, une femme, un homme ; il ou elle aura mon âge, ou sera majeur·e, ou carrément vieux ou vieille. Ce ne sera jamais, je le sais, Chloé Rembrandt, mon héroïne imaginaire qui parcourt librement l'univers du sexe.

Ce sera peut-être une fille de ma classe, ou du lycée – Delphine Coste, avec son monosourcil et ses joues molles ? Aïssa, la sublime fille de terminale qui fait baver tous les mecs ? Cette brave vieille Camille Boudou…

Ou un garçon, qui sait. D'ailleurs, n'est-ce pas Stevie, que je vois arriver là-bas, par la place du Peyrou ? Il est encore trop loin pour en avoir le cœur net, mais ça pourrait lui ressembler ; et le type à côté de lui, qui lui tient la main, n'est-ce pas… Antoine ?

« Pendant deux semaines (trois ? On s'en fout, au fond) j'ai été in love… d'une queue. »

Lequel des deux aurait pu écrire ça ? Aucun ? L'un comme l'autre ? Tous les deux ensemble ?

Je détourne la tête, espérant quand même que je me trompe. Il y a d'autres gens – des solitaires, quelques couples, un groupe de copines…

Et puis il y a cette personne qui arrive depuis la rue du Taur – pantalon et t-shirt, cheveux courts, reflets roux, la démarche plus ou moins assurée, un livre sous le bras…

« Comment on se reconnaîtra ? »

« J'aurai un bouquin avec moi. Tiens, Madame Bovary, *il traîne sur mon bureau. Et toi, G., quel livre tu choisiras ? »*

« Little Big Man *– on vient de me l'offrir. »*

L'église Saint-Sernin se met à jouer la première mesure de l'Ave Maria. Il est 14 heures.

Je ferme les yeux et je respire un grand coup.

Chloé Rembrandt, c'est moi.

Mes aventures commencent aujourd'hui.

REMERCIEMENTS

Aux usager·ères du forum https://sante-medecine.journaldesfemmes.fr/forum/affich-127369-j-en-ai-marre-mon-penis-est-trop-petit [Résolu/Fermé] pour m'avoir fourni une belle matière de départ – même si elle était un peu trop courte.

À Antoine, pour ses plaisanteries si justes et si fines, comme des atemis dans le ventre.

À Audrey – qui adore être dans les remerciements –, pour tout un tas de trucs, dont le fait de m'avoir présenté Chloé.

À Chloé, pour m'avoir présenté Pauline Réage et le Wiki de Gor, et suggéré quelques fantasmes pour Greg.

À Charline, puis Gaïa, pour m'avoir poussé dans mes retranchements de vieux mâle adepte des dad jokes et pas toujours clair sur tout, afin que ce texte se débarrasse des scories machistes et autres angles morts qui s'y trouvaient malgré moi.

À la chaîne de prélecteur·ices, Audrey (encore), Béa, Betty, Claire, Calou, Juloff.

À Emma, pour m'avoir soutenu d'un « Et ça avance, ta petite bite ? » les jours où je peinais sur ce texte.

DANS LA MÊME COLLECTION

Le Point sublime, Manu Causse

« Je me réveille et j'ai six ans. Je suis la petite fille la plus heureuse du monde. Dans quelques heures, je serai chez Lune, ma grand-mère, dans les gorges du Tarn. J'y resterai toutes les vacances.

Par les volets, le soleil dessine des rayures obliques sur le papier peint rose des murs de ma chambre. Je vois, découpées, les jambes des deux danseuses étoiles dans leur cadre, et le sourire de mon héros de manga préféré sur son poster.

Dehors, j'entends grincer le portillon en fer du jardin de Mme Béchu, la voisine. Je referme les yeux. Je n'aime pas penser à elle, elle me fait un peu peur. Je crois que c'est une sorcière.

La maison est silencieuse. Papa et maman ne sont pas réveillés. Entre mes jambes, dans mon pyjama, je serre Pignou, mon lapin en peluche. J'ai découvert qu'il a un pouvoir magique. Quand je l'entortille contre moi pour le frotter doucement, il se passe quelque chose dans mon ventre. C'est comme une chatouille, comme le courant électrique d'une pile qu'on pose sur sa langue, mais beaucoup plus agréable. Ça crépite dedans, une petite secousse qui remonte vers mon nombril ; quelque chose se tend, puis se dénoue. J'ai envie de rire et de pleurer à la fois.

Souvent, quand je n'ai pas sommeil, ou quand je suis un peu triste, c'est comme ça que je m'endors. Et que je me réveille, aussi. Et parfois je le fais juste pour le plaisir, parce que je suis heureuse.

Je serre Pignou un peu plus fort, je le fais aller et venir contre moi. Son ventre doux et souple me caresse juste là où il faut. Je sens venir la petite vague, délicieuse et magique.

Derrière mes yeux fermés, je vois exploser des couleurs.

Je me réveille et j'ai neuf ans. C'est l'hiver, le jour n'est pas levé, mais j'entends grincer dehors le portillon de Mme Béchu. Ce n'est pas une sorcière ; les sorcières n'existent pas, je le sais maintenant.

Grâce aux livres de la bibliothèque de Lune, je sais aussi que les chatouilles dans mon ventre s'appellent un *orgasme*, et ma façon de m'endormir de la *masturbation*. J'ai découvert que les draps, ou mon poing, pouvaient remplacer Pignou le lapin. Mais le plus souvent, j'essaie de me retenir de le faire. J'en ai parlé avec Joseph, l'été dernier, quand il me montrait son zizi, et il trouvait que c'était mal. Ma mère a dit la même chose quand elle a découvert ce que nous faisions tous les deux.

Lune a voulu me défendre. Elle a dit que c'était naturel, qu'il n'y avait pas de honte. J'aurais aimé la croire. Mais il y a eu une grosse dispute entre elle et maman, et nous sommes partis ce soir-là.

– Je suis désolée, Michaël, mais ta mère a une mauvaise influence sur Mina.

Il faisait nuit et nous rentrions à la maison. J'étais allongée sur la banquette arrière, les yeux fermés. Maman pensait que je dormais.

– Écoute, Florence, je sais bien que Lune n'est pas comme tout le monde, elle est très anticonformiste, mais c'est sa façon de...

– *Lune*. Rien que ça, ça m'énerve. Tu vois, le fait qu'elle ait toujours refusé que tu l'appelles « maman », pour moi, ça dit tout : elle n'a aucun sens des responsabilités envers un enfant.

Papa a soupiré.

– Peut-être, mais on ne peut pas...

– Je dis juste que l'année prochaine, on ira en vacances ailleurs.

J'ai eu l'impression de basculer dans le vide. Je connais assez bien mes parents pour savoir que, quand maman a décrété quelque chose, ça se produit. Je pense que c'est ma faute.

Le mois dernier, au téléphone, Lune m'a annoncé qu'elle partait pour l'Inde et qu'elle ne savait pas quand elle reviendrait.

J'ai décidé d'enfermer Pignou dans mon armoire et de ne plus jamais l'en sortir. N'empêche que parfois, je me réveille la nuit avec ma main entre les jambes, et je me déteste pour ça.

Je sais que c'est à cause de la masturbation et du sexe, que c'est parce que je suis une mauvaise fille, que je n'irai plus jamais aux Granges.»

(Extrait de la première partie)

Cet ouvrage a été achevé d'imprimer sur Roto-Page à la bonne taille
pour le compte des éditions Thierry Magnier
par l'Imprimerie Floch à Mayenne en septembre 2022
Dépôt légal : septembre 2022
NBJ/00059.01.00001.001
N° d'impression : 100879
Imprimé en France